广东外语外贸大学汉语言文学（创意写作）国家一流本科专业建设经费资助

广东省高水平大学重点建设学科「中华文化国际传播」阶段性成果

创 意 写 作 译 丛

陈彦辉 主编

为儿童写作

[英] 安德鲁·梅尔罗斯 著

卢文婷 译

南京大学出版社

江苏省版权局著作权合同登记　图字：10-2022-194 号

图书在版编目(CIP)数据

为儿童写作 /（英）安德鲁·梅尔罗斯
(Andrew Melrose) 著；卢文婷译. — 南京：南京大学
出版社，2023.6
（创意写作译丛 / 陈彦辉主编）
书名原文：Write for Children
ISBN 978 - 7 - 305 - 26199 - 2

Ⅰ. ①为… Ⅱ. ①安… ②卢… Ⅲ. ①儿童文学－文
学创作方法 Ⅳ. ①I058

中国版本图书馆 CIP 数据核字(2022)第 184427 号

出版发行　南京大学出版社
社　　址　南京市汉口路 22 号　　　　邮　编　210093
出 版 人　金鑫荣

丛 书 名　创意写作译丛
丛书主编　陈彦辉
书　　名　**为儿童写作**
著　　者　[英]安德鲁·梅尔罗斯
译　　者　卢文婷
责任编辑　施　敏　　　　　　　编辑热线　025 - 83596027

照　　排　南京南琳图文制作有限公司
印　　刷　江苏凤凰通达印刷有限公司
开　　本　787 mm×960 mm　1/16　印张 13　字数 170 千
版　　次　2023 年 6 月第 1 版　2023 年 6 月第 1 次印刷
ISBN 978 - 7 - 305 - 26199 - 2
定　　价　60.00 元

网址：http://www.njupco.com
官方微博：http://weibo.com/njupco
官方微信号：njupress
销售咨询热线：(025) 83594756

总　序

　　中文系的师生们常会面临创作与学术的冲突：中文系究竟是培养作家的，还是训练学者的？在这个经典之问背后，其实潜伏着另一个问题：创作（或者说创意写作）能教吗？一种观点认为，创作关乎天才，没有哪个文学天才是大学教出来的。在此观点之下，许多大学虽然开设了写作课，但很少将主要精力投入创作型人才的培养中。创作固然关乎天才，但创作同样关乎写作技术。我们固然无法预测或培养天才，但至少我们能通过对写作技术的系统性讲解与训练，来为怀揣作家梦的年轻写作者排除峭壁小径，让他们不至于在文学创作的莽莽深林中暗自迷茫。我在北美及欧洲访学时，接触到了创意写作专业，并较为系统地考察了他们的办学模式。回国以后，我们于 2012 年在广东外语外贸大学开设了汉语言文学（创意写作）本科专业，这也是中国大陆地区第一个创意专业写作方向本科学位授予点。

　　经过十余年的探索，我们积累了经验，但也深感不足：作为一个年轻的学科，创意写作仍然缺乏系统的理论谱系。基于此，我们策划了"创意写作译丛",选书范围涵盖创意写作总论及各文体分论,希望借它山之石,攻中国创意写作之玉。愿译丛能够帮助未来的作家打磨写作技巧,积累写作经验,将中国故事讲得更加精彩纷呈。

译事艰难,吾辈当勉力为之。

陈彦辉

2022 年 10 月

送给爱读好书的艾比与丹尼尔

　　我们能否放任孩子们听那些随便之人随意编造的故事，并让他们在脑海里留下许多我们所不希望他们成年后仍然秉承的见解呢？

　　当然不能了！

柏拉图,《理想国》

引 言

　　儿童文学作家常被视作文学大家庭中的边缘存在，其背后的原因也颇有历史了。但是近些年来，情况开始好转。作为一种艺术样式，儿童文学渐渐得到了它理当拥有的认可。本书即为那些愿意为儿童写作且立志写出优秀作品的人们所著。

　　这样的研学是有价值的。儿童的阅读生涯十分短暂，不出十年，孩子们就会啃着莎士比亚、狄更斯以及其他考试必考的作家作品，从童年跃入成人世界的黑暗丛林了。你的作品能否引导孩子们顺利走上经验之路而不至于撞树？他们是毫无防备、一无所知、自生自灭地闯入森林，抑或是带着你的作品赋予他们的信心而勇敢前行？在动笔为儿童写作之前，这些都需要你深思熟虑。本书讨论的正是这些问题。

　　然而还有更多的问题冒出来。你是写儿童还是为儿童写？在创作你自以为投儿童所好的作品之前，你了解过孩子们的需求吗？你的作品好到值得孩子们去阅读了吗？每个问题都应当认真思考。

　　本书的首个论题是《写作技巧与批判性创作》。我会相对客观地介绍儿童文学创作与相关技巧，希望能让你对自己的创作形成较为深刻严肃的认识。这一节旨在通过唤起你的批判意识,奠定本书的基础,请尽量不要随意跳过。写作不是随便坐下写几个字这么简单的。写作是一门手艺,而你应当理解技巧为何至关重要。

接下来我会讨论《写对/知错》。之所以把它放在这里,显然是因为写作技术关乎具体细节。通过细察故事、人物、视角、金字塔式情节结构、对话与散文,我详细讲解了最基础的叙事技巧,并适当举例,以便你能准确找到自己的长处与弱点。由于这些内容彼此相辅相成,所以阐述中偶有交叠,但是反复讲解也有助于你更好地掌握写作这门手艺。

在《按高度写作》一章中,我将目光聚焦到了为儿童写作领域。在为儿童写作时,年龄(age)与经验(experience)是最重要的影响因素。因此,本章下设"理解年龄分层""感官书""绘本""短篇小说""较长篇幅小说""青少年小说"与"系列小说"等数小节,旨在帮助你激发创意,并搞清楚自己在为什么样的读者写作。这对于为儿童写作来说至关重要,因为你的读者在不断成长,受制于生活经验与认知能力。本章末节还谈了如何投稿的问题。

本书终章《其他类型写作》涉及非虚构作品、传记、幽默故事、诗歌、电影与新媒体等,希望能成为一本儿童文学写作领域的指导手册。我的目标是带你领略儿童文学写作艺术的苦痛与欢愉、艰辛与成就。每一节都设计了批判性评论、提示与练习。

请记住,这并不是一本讲解"如何写作"的入门书。它是儿童文学写作技巧手册,其目的是帮助你完善在创作品。没有人能在毫无技巧训练的状态下,抬手就弹莫扎特钢琴协奏曲、画《蒙娜·丽莎》、制作温彻斯特大教堂的彩绘玻璃。本书的意义也正在于此。现在,仅英国一地,每年就要出版上万种童书。然而论及质量,我常会纳闷,作者真有必要写这本书吗?我希望你能记住这一点:不要仅仅为儿童写书,而是要为儿童写好书。让孩子们享受他们应得的文学体验,我们有义务献给他们最好的作品。

　　我要感谢以下诸位。温彻斯特大学阿尔弗雷德国王学院儿童文学专业的历届与应届硕士研究生们,感谢你们充满善意地指出我在教学中的正确与谬误、高峰与低谷、成功与失败。他们在学习过程中的讨论和贡献可谓价值无量。感谢安娜·鲍威尔(Anna Powell)绘制插图,戴安娜·金普顿(Diana Kimpton)慨允我引用文本语料,她的网站 www.wordpool.co.uk 值得一访。最要感谢的是我的家人,你们给了我写作与研究所必需的时间与空间。没有他们,本书必然杳无颜色。当然,一切讹误皆归于我。

安德鲁·梅尔罗斯

温彻斯特,2001 年 6 月

目　录

第一章　写作技巧与批判性创作

　　写作一本书,最简单的办法就是从头开始。但是当你提笔为儿童写作时,你首先要确知真正的起点在哪里——它可不一定总在你预料之中。所以,我要首先告诉你,在开始为儿童写作之前,你要考虑清楚的第一件事。我的建议简单又直接:如果你仅仅把为儿童写作当成为成人写作的预演,那么请你再好好想想。记住,这很重要!

为读者写作,就要尊重读者。

为儿童写作所需要的技巧并不比为成人写作少,事实上,它反而更加考验技术。儿童文学也不该被轻率地视作你未来鸿篇巨著的预演练笔。

　　所有的读者,包括儿童,都理应读到优秀作品,我们也当竭尽全力将优秀作品呈现给读者。不仅如此,作家还应当在了解儿童需求的基础上开展创作,而不应想当然地闭门造车。这是关键。

　　意大利著名作家伊塔洛·卡尔维诺(Italo Calvino 1986:85)曾经写道:"文学不是教化。文学应设想一个更有文化——比作家本人更有文化——的公共阅读群体。至于是否真的存在这样一个群体其实并不重要。"我十分认同,且深感这一观点也适用于儿童文学领域。不要愚昧地以为儿童是二流故事的二流接受者。儿童需要最好的文学,你也理应为他们创作最好的文学。孩子们如同明察秋毫的法官。他们与成年读者一样对作品极为挑剔。他们能隔着老远就准确锁定文中缺陷。请你自问：为什么会有人想以次充好敷衍孩子，还有同样关键的问题，这些人真的知道什么才是好作品吗？我们还可以继续追问，你的最佳作品真的足够优秀吗，你确知自己的擅场何在吗？本书的初衷就是要帮你找到答案。

这并不是说你就不能既为成人也为儿童写作。安妮·费恩（Anne Fine）和佩内罗普·莱夫利（Penelope Lively）等作家都是相当成功的例子。她们做到了尊重所有圈层读者，而没有顾此失彼、有所偏废。

归根结底，

比起为成人写作，为儿童写作对作家的技术要求更高。
掌握了为儿童写作的技巧，那么无论为谁写作，你都会感到得心应手。这听起来似乎有点难以置信，而且我也知道很多人——尤其是写作从业者们——很可能并不同意我的看法［尽管我相信萨尔曼·鲁西迪（Salman Rushdie）一定对他的《哈伦与故事海》（*Haroun and the Sea of Stories*）颇感自豪］。但是我真心相信这句话远不止是一句空话。它触及了写作的核心品质。在本书中，我们会深入思考儿童文学的创作准绳。读完本书并将其中的方法论有意识地应用到具体创作中，那么你至少会拥有一个良好的写作开端。但是，这本书只能帮助你提高创作能力、培养批判性创作意识，并不能替你写作。

只要会写字，人人都能当作家，然而写好的秘诀在于，
为恰如其分的文字找到恰到好处的排列顺序。
我为硕士们开了一门儿童文学写作课程。① 每一年的新生导读课上，我都会把这个秘诀告诉他们。传授秘诀其实不难，你甚至会觉

---

① "为儿童写作"，英国温彻斯特大学阿尔弗雷德国王学院硕士课程。

得这秘诀过于简单,都不值一读了。但是要说人人都能立刻做到这一点,其难度差不多相当于让我刚摸过几下钢琴就上手弹拉赫玛尼诺夫(Rachmaninov)钢琴协奏曲(或许我也能弹出所有的音符,说不定还能再额外加多几个,但肯定不可能是恰到好处地弹出来——有一点年纪的读者,或许还会记得莫雷坎贝与怀斯跟安德烈·普列文那场搞笑演奏吧①)。只有经由技术打磨,文字才能最终成为具有可读性的叙事作品。

写作是门手艺!

正如我们通过不断的演奏与练习才能弹好钢琴一样,作家也需要反复打磨、修炼自己的写作技艺。

本书的主旨正是要探讨写作的技巧。谢默斯·希尼②曾说过:"手艺就是有关制作的技术……学习手艺就如同学习怎么摇动井边辘轳。"T. S. 艾略特(T. S. Eliot)将《荒原》(The Wasteland)题献给伊兹拉·庞德(Ezra Pound)时,就将庞德称作"il miglior fabbro"——大致可理解成"卓越的手艺人"。哲学家瓦尔特·本雅明(Walter Benjamin)说,讲故事的人就是给故事打上个人风格印记的手艺人。即使在印刷品中,手艺人留下的细微个人痕迹也会不时地闪现真容。

---

①　Morecambe and Wise 是英国著名喜剧组合,活跃于二十世纪六七十年代。这场演奏是他们与指挥家、钢琴家安德烈·普列文(André Previn,1929—2019)的一场搞笑表演,形式就是戏仿普列文演奏片段,打乱乐句与音符顺序。——译者注

②　谢默斯·希尼(Seamus Heaney,1939—2013),爱尔兰诗人,1995 年诺贝尔文学奖得主。代表作为《一位自然主义者之死》《通向黑暗之门》《人类之链》等,还曾将古英语史诗《贝奥武夫》翻译成现代英文,被公认为 20 世纪最重要的英语诗人之一。——译者注

假如你想写出心中的故事(如果没有故事要讲,写作还有何意义?)①,那么本书希望帮助你学会如何将恰如其分的文字安排成恰到好处的顺序,并且以儿童读者为最终旨归。打磨写作技术,这本就是创意写作的题中应有之义。必要的技巧能让你写起来更加得心应手。

说到底,与所有书籍一样,假如本书当真值得一读,那它就绝不会仅停留在讨论"怎么做"的简单层面。正如克洛德·列维-斯特劳斯(Claude Lévi-Strauss)所说,一本讨论神话的著作,它本身就该带有某种神话色彩;相似地,一本讨论手艺的作品,它本身也该是一件手艺活儿。我们这本以儿童文学创意写作为主题的作品,就是希望能让大家识别、考察并界定批评家与作家间的关系,理解讲故事(storytelling)与讲出故事(telling story)间的差异,学会区分真诚与矫饰——假如故事讲到一半就已经不可置信,那读完整个故事也不会有所助益。这也意味着我们必须要有能力把握更加宏观的问题,诸如理解刻板形象,读懂言外之意,以及在写作中时刻注意历史、美学与文化底蕴。因此,在每个单元中我们都会涉及一个基于学术研究的批判性视角。你或许会觉得本段有点晦涩难懂,不用担心,后文我们会把一切都讲清楚。虽然这些问题的确并不简单,但是我们仍然能够找到深入浅出的讲解方式,让你不至于被故弄玄虚的学术黑话绕晕。学问本不该令人畏惧,博学并不意味着要牺牲清晰的思想与表达。本书为你而写,我也会坦率直接地与你交流。

若想写好儿童文学,最重要就是始终明确你是在为谁而写。我称之为按高度写作。只有成年人才会为儿童写作,这本身便已

---

① 关于故事,参见梅尔罗斯 2001 年著作。

困难重重。我总是反复告诫学生，为儿童写作时，一定要估量好目标读者的身高，并尝试把握住这个高度。如果 8 岁孩子的平均身高只有一米出头，那你就必须以这一高度的视角来写作，努力从此高度看世界。

但我所指的并非完全是身体高度。所谓高度，其实质是发育成长与经验阅历。你笔下的世界，一定要从 8 岁孩子能理解的视角（POV，point of view）出发。这个世界里所有的知识设定都不应脱离这个基本要求。这可绝非易事。一旦你尝试如孩童般地——而非幼稚孩子气——描述世界时，又会遇到另一个问题。杰奎琳·罗斯（Jacqueline Rose）在她论《彼得·潘》（Peter Pan）的专著中谈过这一问题：

> 儿童小说之所以不可能，不是因为写不出来（肯定并非如此），而是由于其本身自带一种不可能性——这一点我们很少论及。这种不可能性基于成人与孩童的关系……在儿童小说设定的世界里，成人视角（作者、造物主、施与者）先行，儿童（读者、造物、接受者）反在次要，二者都无法进入中间地带。（罗斯 1994：1－2）

这个中间地带指的就是经验阅历。在儿童与作者或父母之间，在孩子的少不更事与大人的饱经世事之间，横亘着经验的鸿沟。作家的任务就是填平鸿沟。这个任务如何才能实现呢？其实，你能意识到鸿沟存在，这本身就已是进步，尽管还远远不够。在我看来，儿童心理学家亚当·菲利普斯（Adam Phillips）的观察很准确：

> 儿童不可避免地会将父母视作生活经验大拿……但是儿

童提出的需求,成年人往往并不知道该如何应对……等到儿童学会说话时,他们又会对语词的效用感到不安甚至痛苦。充满悖论的是,正是成年人自己的用法——措辞——向他们透露出了成人权威的局限性……大人抚育孩子……但他们并不知道一切问题的答案……他们能做的,也只是给孩子们讲讲人世间的种种故事罢了。(菲利普斯 1995:1-2)

抚育的观念非常有说服力,儿童文学作家必须要认识到这一点。举个例子,有些话题——比如年龄——是要求读者拥有一定阅历才能理解的。但孩子才活了多少年啊,他们是难以跟成人分享相似的"历史视野",产生相似的感受与期待的。

正如身高并不等同于经验阅历与成长发育,年龄与阅读年龄也不完全是一回事。它们只是某种标记尺度罢了。我常举的一个例子颇能说明问题:

一个阅读能力只有 9 岁龄的 14 岁男孩(这种情况并不少见),并不会想看写给 9 岁孩子的童书,在这个年龄段,他真正感兴趣的或许只有足球、电脑和青春期悸动。同样,一心想着打脐环的 13 岁女孩,也很难被 9~13 岁年龄段童书所打动,毕竟此时的她说不定已经迷上简·奥斯丁的《傲慢与偏见》了。(梅尔罗斯 2001:14)

如果你没怎么接触过孩子,那么可以找与孩子互动频繁的人——教师、父母等——聊聊,他们会告诉你,这可不是瞎编出来的胡说八道。文学最大的难题就是如何令读者（甚至是好读者①）保持阅读兴趣。因此，你的写作一定要指向"为他们而写"。

因此，所谓按高度写作，就是关注儿童成长，明确你是在为谁而写。这并不是说你就一定得给故事套上枷锁。故事自有生命力，而你要做的是找准自己的读者群。这一点我反复论及，因为它实在是太重要了。假如没有一个人能穿得了你精工细线做出的华服，那么就算你是世界上最好的裁缝，又有什么意义呢？

当然了，为儿童写作，它对创作者还有更多的要求。这种体裁里还有许多你需要了解的特质，我们下文都将一一谈及。

儿童文学批评家、作家彼得·亨特（Peter Hunt）——只要你稍微读过点儿童文学评论，就一定见到过这个名字，我也推荐大家读读他的作品——付出了惨重代价后才得出了下面的结论。他曾参加过一场不设创作条框、也不要求追赶时尚的限定"小说写作"活动，自选题材写了一本小说。然而成品效果却不怎么理想。他前期准备充分，且背靠他本人的文学批评原则，十分肯定自己的小说完美契合目标读者期待，能够向他们传授必备知识。但是，无论你怎么深思熟虑、精心打磨，也难保作品一定会得到出版商的"大体认可"。尽管费尽心力，但彼得·亨特仍然按出版商的建议重写了这部75 000字的小说；②尽管精雕细琢，但面对编辑的批评，他也不得不承认作品确实失败。你也应当做好这样的心理建设。你准备好接受第三方的建议，去重写、修订与删改作品了吗？我曾写过一段相当不错的市场景致——市场上浓郁香气满溢：甘松、药草

---

① 语文教育专家、教育图书出版人以及学校老师都曾指出这个问题，令好读者保持阅读兴趣反而更难。

② 参见亨特（1991：155 - 174）。小说名字是《上升》（*Going Up*，McRae，1989）。

与东方香料,甜美的克里特蜂蜜,熟透的菠萝、葡萄与橙子,肥厚多汁的橄榄、大蒜、甜椒与番茄。我的书稿责编、凯塞尔出版社(Cassell)的露丝·麦克雷(Ruth McCurry),建议我们把这个场景直接改成"小鸡咕咕乱跑"!事实证明她说得没错。

上文所说的"大体认可",其实意味深长。罗伯特·利森(Robert Leeson)曾将写作者比喻成讲故事的人,在他看来,在讲故事时,"你要倾尽全力地去迎合听众"(利森 1985:161)。"倾尽全力",这条格言揭示出了某种不确定性。彼得·亨特尽了能尽之力,讲了欲讲之事,但在他的出版商看来,那部小说却不一定对得上读者的胃口。针对这种情况,出版业界有几条不成文的规矩。我愿意倾囊相授,但我不敢说能穷尽所有(无人能够)——毕竟这些规矩既不成文,且会因出版社、作者与代理人等不同而充满变数。本书还会涉及其他相关问题。通过研究为儿童写作以及评论为儿童而写的作品,我们来共同细察这本不成文规矩之书。

但规则就是用来打破的,比如 J. K. 罗琳(J. K. Rowling)的传奇大作《哈利·波特与魔法石》(*Harry Potter and the Philosopher's Stone*),开头 50 来页就已经打破了众多规则(谢天谢地)。我们可以通过知识学习而非随缘写作来了解规则如何以及为何被打破。保罗·克利(Paul Klee)①只需画一条线,带它出去遛遛就能有灵感,毕竟他早已掌握且精通艺术技巧。但这并不是说,靠灵感吃饭的随缘写作就一无是处。故事牵着你走,而非你在主导故事,这不是常有的事吗?本书并不是要求你无视灵感,而是希望能帮助你学会如何辨认、理解以及有效运用这些奇思妙想。甚至,如果你还

———————————

① 保罗·克利(1879—1940),瑞士艺术家,其作品长于抽象与表现主义风格,以出人意料的线条、形体与构图而闻名。——译者注

未走上正轨，我们也希望你能通过本书找准方向，重回轨道。我见过太多短篇故事，因滑向了错误的小径而深陷于泥潭。写作在于灵感与技术的融合，我会详论这个问题，毕竟套路化写作是最恶劣的行为。追求原创与趣味。本书绝非否定创造性，恰恰相反，我们旨在帮你锁定自己最好的创意。

你必须对语言保持敏感。

文学语言、作家的语言、叙事、动词与名词、隐喻与转喻、明喻、意象、形容词、副词、代词、句法、提喻法、补语、假定沉默、真理与谎言以及无穷省略……不管在哪个年龄段，它们都令人畏惧。但用着比想着还是要简单一些的，因为你其实每天都在与它们打交道。然而，一旦涉及为儿童写作，你就要慎重考虑语言的适宜性问题了。这并不是说要对一切不雅语言出警（有时写到骂人诅咒也不可避免），我们强调的是要注意目标读者对语言的接受度。对某些孩子来说，陈词旧话（cliché）读起来也能如沐春风（尽管我总是避之如躲瘟疫），但是我们也不该把复杂难解的隐喻与明喻等，简单粗暴地抛给孩子们。

视角选择也与此类似。仅仅知道第三人称视角是叙述者在指称其本人（我）及交谈对象（你）之外的其他一切事物与人物时所使用的名词与代词用法，这显然是不够的，你还要确保自己能够客观且有效地将它应用在写作中。当然了，假如你打一开始就不理解前文观点，那一切也就无从谈起了。不过也用不着担心，后面我们会讲得更透彻。当第三人称叙事采取了一个极具说服力的（比如说）限定视角（limited POV）时，你会发现平淡无奇的文本突然就鲜活起来了，而且原本已知的一切也会带给你新惊喜。

正因如此，我一直不喜欢那些"这样写作……才能成为作家"的指南书。它们会教给你所谓写作机制、技巧、反馈、过程、创意甚至灵感,却很少讨论我们为什么写作,以及我们能用语言做些什么。

读得多,写得好。这个道理,不是天才也能懂。

"A. S. 拜雅特(A. S. Byatt)①在《天使与昆虫》(Angels and Insects)朗诵会后的讨论中曾谈到,对她来说,阅读与写作是一回事,二者难解难分。"②读什么与读谁,至为关键。安东妮娅·拜雅特是学者,也是卓有成就的作家,我可以肯定她所说的"读",绝不是指读"写作指南"这样的书。我的阅读建议是:范围从宽,标准从严。拓宽知识面,这从来没有捷径。没有哪本书能帮你一蹴而就达至全知——如果有,那它一定是在骗你。

拜雅特的言外之意是知识的获取与播散。雅克·德里达(Jacques Derrida)曾说过,写作是知识的奴仆。在我看来,写作更像是对经验阅历的呈现。著名美国小说家唐·德里罗(Don DeLillo)③在一次难得的采访中提到,他之所以写作,是为了探寻自己的知识边界,而写作是他的思考方式。德里罗的观点令人心折——你所知之物值得讲给世界。正如詹姆斯·弗里尔(James Friel)的描述:

> 阅读是灵感的最佳源泉,也是自我教育的最佳途径——

---

① A. S. 拜雅特(1936—),英国著名作家、文学评论家,1990 年布克奖得主。代表作品包括《隐之书》《天使与昆虫》《孩子们的书》等。——译者注

② 参见约翰逊(Johnson 2000)。又参见罗伯·米德尔赫斯特(Rob Middlehurst 2000),《叙事视角》("Perspectives on Narrative"),National Association for Writers in Education Journal 2.

③ 唐·德里罗(1936—),美国著名小说家,代表作有《白噪音》《天秤星座》《地下世界》等。——译者注

你能见证他人的卓越技艺,同时也会目睹他们的惨败时刻。通过阅读,你学会了结构故事,塑造人物,描绘行动,判断什么才能打动你……写作时,你宛如在与古往今来所有写作者进行一场盛大的对谈:你向他们学习,改写你不喜欢的前人作品,致敬你喜欢的先贤大作,在文学传统中建构出你自己。

(弗里尔 2000:27)

毫无疑问,故事就是要以现在语态给未来讲述我们过往经历中栩栩如生的留痕。讲故事的人(homo fabula),人类生来便要讲故事。故事令我们欢愉,同时也为我们提供着建议、信息、历史与经验。

批判性创造与创造性批判经验的获得与播散,是作家阅读与写作的主要素材。它们如同织物的经线与纬线,最终会交错编织出叙事这幅挂毯。

作家能从批判性理解中受益。知道如何分析并且能够分析所读之物,或者明白如何以及为何改进自己的作品,而非期待完美,这对写作这门手艺而言至关重要。

写作是对过往经验的批判性再现。

再现现实——以任何形式,比如小说或电影——就是将现实原原本本地照搬到作品中,这种观点简直是痴人说梦。再现绝非精准复制。再现固然也是某种经验,但它并不能代替真实体验。它是与真实并存的另一种经验形式。作家在作品中将自己的生活经验转换成故事。作家的经验被作为另一种体验方式传达给读者。对现实经验的批判性再现正是作家创作的目标所在。那为什么有人会选择提供这种不达标版本呢?这样的再现究竟有什么意义啊?要知道,所谓好故事,并不是把值得一讲的事情说完就行了;更重要的是,它要通过精彩的讲述或书写,来满足我们这些读者的内心渴望。这样的渴望并没有年龄藩篱!

创作与经验紧密相连,套用阿里尔·多夫曼(Ariel Dorfmann)的话说,写作要逆向打磨纹理,直击和弦,对陈词滥调敲响警钟。简而言之,它应当令读者沉思。正因如此,作家更应该带着思想投入创作。

顺着纹理写作,写出来的是娱乐文字。人生固然需要娱乐,但请你扪心自问,难道这就是我们对写作的期待吗?博得孩子或任何读者一笑,这就是你的写作鹄的吗?我们讲故事时,能为了追求娱乐性便牺牲掉那些隐秘幽微的人生经验吗?此时假如你还愿意继续读下去,那么或许是因为你对上述问题的答案是否定的。

作为一种消费者导向或商品导向的娱乐产品,故事显然不是真实经验的可靠代替物。通过故事来增加经验阅历,无疑是可行的。这也是故事讲述的主要目标之一。瓦尔特·本雅明曾有洞见:真正讲故事的人会分享他们的人生智慧。我们所有人,甚至是21世纪充满技术自觉的、为电视或电子媒体服务的讲故事的人,都绝不应该忘记本雅明的诫令。这不是那种"我比你高明"的道德说教,而是期待进入知识再循环的经验分享。就拿齐格蒙特·弗洛伊德和查尔斯·达尔文来举个例子吧,他们俩都在我的个人最佳作家名单上。假如愿意,这两个人都有可能成为杰出的小说家。他们都是能力超群的讲故事的人。当然,我也读过许多畅销书,很多作者根本就不会讲故事。

我们仍然需要谈谈商品属性。写作是艺术,但作品是要卖的,它同时也是产品,是商品。不管喜不喜欢,我们都生存在商品文化中,而生存本身就代价昂贵。但这并不是说一切创作都该被塞进商品拜物教的购物车里。让·鲍德里亚(Jean Baudrillard)或许早已指明了这一点："商品形式是现代世界的第一种重要媒介……物品传达出来的信息变得极度简单直白，而且永远都指向同一点：它们的交换价值。因此，信息其实已经不复存在，它成了纯粹循环中强行自我推销的媒介。"（鲍德里亚 1985：131）我最近在作家班的学生们中做了一次调查，问及他们对自己作品的看法，大家纷纷表示反对这种视作品为商品的观念。许多人说他们写作不为牟利，金钱绝不在他们的考量范围里。在他们心中，最重要的是故事本身。

我同意，但是其实鲜有作家毫不渴望作品出版或赢得读者。我们也不该忘记，写作已然进入大工业时代。出版业以消费者为导向，依靠复制我们的作品而蓬勃发展。作家必须把作品投向这个产业，既然如此，批判性地了解我们所投身的事业，这岂不是更好吗？

从这个角度而言，甚至都无需杰克·赛普斯（Jack Zipes）提醒我们，某些以儿童为目标读者①的作品，比如迪士尼改编的《小熊维尼》（*Winnie the Pooh*），只是一种"吸引儿童变为消费者"的简单工具，"他们并不相信这种电影拥有艺术价值，能对儿童的文化教育做出贡献，而只是希望能够用电影操控孩子们的审美兴趣与消费口味"（赛普斯 1997：91）。赛普斯常放大炮，在辩论中并不总能占理，他对《哈利·波特》系列的判断显然也是错误的。但我们不该忘记，他仍是一个极其敏锐的读者，能够精准理解故事以及故事传达的经验。讲故事的经验，其售卖方式与汉堡连锁店捆绑促销本质上都一样。他们考虑的不是营养价值，而是怎么把大街上的行人拉到店里来买单。

_____

① 参见梅尔罗斯（2001）。

我要再次强调，为儿童写作并不是为成人写作的学徒阶段。你一定要找准自己的写作动机。我教过创意写作课，也在创意写作学术会议上做过主题报告。在这样的场合，发表欲会很强烈，但是服从冲动的时候，你一定要考虑到读者的印象。将发表冲动调控到节制的、批判性的层面，这其实很难。而本书将鼓励你——潜在的作家——去认真思考这个问题。写作的技巧，文学作品的结构方式，精彩故事的叙事策略，如是种种，常常不入文学批评家们——全世界各大学文学学位的授予者——的法眼。但情况正在发生变化——读这本书时，还身为学生的你，或许就已经身处变化之中了。本书的目标之一即是要促成这种改变。在教给你如何为儿童写作的同时，我还会解释一些批评方法以及其他你所应知的问题。在我看来，批评与创作之间并没有什么界限、鸿沟或分野，都指向对人生经验的再现。只是前者回顾业已完成之作，后者则期待尚未完成之作，二者皆以经验传承为己任。在本书末尾，我列出了参考书目，希望能帮助你更清晰地认识到这一点。与所有参考文献一样，它不是终极书单，而只是入门指南。认识你的主题。在这一意义上，你应当将自己视作拥有批判性创造力的人。

没有人能告诉你如何写作！

你应该把这句话钉到墙上。我们只能帮你打磨技术，弄清楚自己在干什么。

一个手艺人，若想被同行认可为精通本行技艺的权威，那是需要去全力争取的。这意味着他/她需要尽可能多地掌握该行当的手艺。在一本讨论创意写作——尤其是讨论为儿童写作——的著作里，看到齐格蒙特·弗洛伊德或雅克·德里达这样的杰出理论家，你或许会有些诧异，觉得他们跟本书主题没什么关联。但其实并非如此。批判性探究本就是创造力的重要组成部分。

比如说,当弗洛伊德讨论与写作相关的问题如《论神秘与令人恐怖之物》之时,或者当德里达引领我们在今日写作中充满批判性地穿越历史之时,理解他们的学说就会对我们大有裨益。归根结底,他们只是继承了传统,而这个传统可以追溯到差不多 24 个世纪之前亚里士多德的《诗学》(Poetics)。讲故事的艺术不是什么秘密,前辈们倾其一生写作探索,其中有太多值得我们学习的东西。对我们来说,它们不是能包治百病的药方,而是日常饮食的有益补充。因此,本书会引入文学批评领域的理论问题,来帮助你厘清自己究竟在写些什么。

在演绎卡尔·马克思(又是一个令人望而生畏的名字)理论与回溯亚里士多德《诗学》时,我们会说批评的要义在于"描述写作",诗学的目标则在于"改变写作"①。

我能理解这样的说法,而且在作家论诗学的个案中尤为有理。但是我也同时感到,将"批评"与"诗学"区隔开来的做法有点过于简单了。我们不应忘记,批评中有创作,创作中也有批评。二者交织缠绕。怀着这样的想法,我写作本书的要旨之一,即是揭示我们能够通过批评与创作策略的融合统一,来切实提高写作能力。因此,这不仅仅是一本"如何为儿童写作"之书,它还会讲解如何对作品进行批评分析,教你把理论工具应用到自己的写作之中。我们希望能够促成批评与创作的融会贯通,从批判性创造的视角——学者的视角、其他作家的视角——讲述故事。"创作敏感"②,这个词会一次又一次地反复出现在本书之中。

---

① 谢泼德(Sheppard 1999)。你可以登录 www.nawe.co.uk,在线阅读这篇(以及其他)文章。值得一读。

② 参见梅尔罗斯(2001)。

我将本书分为四章。本章总论写作技巧,其他三章分别为:《写对/知错》《按高度写作》和《其他类型写作》。其中,"金字塔式情节结构"是我们的基础情节图解模型以及分析工具,有时甚至会担负备忘录功能。

写作的秘诀就是没有秘诀,但是你必须不断磨炼写作技艺。学习为儿童写作,道阻且长。这本书提供不了魔法秘方,因为这玩意儿压根就不存在。但是如果你读到这里仍未被吓退,那么不妨带上批评家视角,跟我一起走进为儿童写作这个充满魔力的、迷宫般的世界。

写作本应快乐愉悦,尽管我们有时也会因遣词造句、布局谋篇而焦虑满怀。我们挣扎着说出意义,写出思想。但是假如写出的作品甚至不值一读,那么,坦率地讲,它也不配被发表出来。本书将论及许多问题,你可以试着用所学知识来把作品改得更加出色。如果这本书能够催生出哪怕一部不错的儿童文学作品,也足以让我感到十分欣慰了。

望你谅解书中的浮夸,享受这段旅程。

Know the Wrong

第二章　写对/知错

本章旨在为书中即将展开的故事设定好前提。比如说,当我接下来讨论诸如虚构类作品时,你要能够记得起与它相关的一切知识。我会给出相关示范,但是你也一定要尝试寻找属于你自己的例子(我会在书中反复提醒你这一点的)。多练总没错。你要不断训练写作技术。我已经写了40多本作品了,但仍然在不断练习打磨。菲利普·普尔曼(Philip Pullman)曾说自己从不打草稿,但同一个故事他会写12个版本出来。他的理由是,如果你足够认真地对待这些版本,那么,每个版本都应当被看作故事的定稿,而非草稿。人人都该读读普尔曼的《黑暗物质》三部曲(*His Dark Materials* trilogy)。我要强调的是:开启一篇新文章,就是开始一次新打磨。一旦你开始打磨,你就会在写作中不停地磨下去,因为从来就没有完美的作品。而且,我们都知道,发表作品可不是什么无条件的天然权利。

每个新故事开头,我们都将面临同样的问题。那么,就让我们从故事开始说起吧。

故　事

阅读本书时,你应该已然下定决心要为儿童写作,并希望能在此找到向导。你心里或许已经有了一个故事,想学习如何才能把它写得精彩。你的写作动机无关乎物质。对于要写什么,你也大致有些想法。不论悬疑、惊悚、奇幻、科幻、历史还是别的什么,故事都是从你心中萌芽生发出来的。有一点是肯定的——它必定是一个故事。

故事是我们彼此交流历史事件、日常生活、美梦、幻想与未来希望的方式。它是对人生经验阅历的叙述。故事,也常被称作事件叙述(narrative of events);而我更愿意将它描述为奇事叙述(narrative of wonder)。你若有个奇妙故事,那就理当把它讲出来。但是如果故事根本就平淡无奇,那又何必非讲不可呢?话虽难听,但这是你必须要扪心自问的。更重要的是,你还应记住:没故事可讲,就不要写书。

早在 19 世纪时,弗洛伊德即曾写道:"讲故事的人对我们有种特殊的魔力;他能将我们带进种种情绪,从而令我们的情感之流,一会儿流向这里,一会儿又折向别处。"①(弗洛伊德 1990:375)但讲故事的人也会受到既定故事的限制。无论作者多么才华横溢、文采飞扬,倘若没有好故事,也全都是白费功夫。一切才华技艺都是为了讲述那个故事,没有故事,那也不用写了。没有故事硬要写作,就宛如没有曲调硬要唱歌。无法实现。

一个好故事,如同麦基(McKee 1990:20)说的,"值得讲述,世人也愿意倾听"。无论故事多么简单,它都应当能够引发共鸣。这是你需要思考的首要问题之一。

精彩的儿童故事,必须具备与成人故事相同的基础要素。想想你开始写作之前就已经爱读的故事,再想想它吸引你读下去的

---

① 引文出自弗洛伊德的论文《论神秘与令人恐怖之物》("The Uncanny"),建议阅读全文,十分有参考价值。

力量何在。比方说,最让你着迷的或许是主人公。迷住我们的,是这些人物的性格及其成长历程,而非情节本身。你的故事里有这样的人物吗?或者,你的故事是围绕这样的人物而写吗?

假如你有,那么就基本形态而言,故事可以被拆分成六个要素:平衡、不和、诱因、问题、解决与后果。

- 平衡(balance):家中一切顺遂,无事发生。
- 不和(disharmony):情绪突变(或好或坏)。
- 诱因(inciting incident):状况好转之时,情绪突变导致"其他"突变。
- 问题(problem):出现了更严重的待解难题。
- 解决(resolution):故事走向结局。
- 后果(outcome):最终展现故事的后果/影响/结局/回报/目标。

它们一一对应着如下各部分:

- 开头(beginning):介绍主要人物(们),交代问题。
- 中间(middle):关注因诱因事件而趋于恶化的问题,着力描写悬念/意外/对立等障碍。
- 结尾(end):解决问题,手法不限,干净利落。

平衡、不和与诱因可能全都出现在第一页,理解这一点十分关键。如果故事以一场紧急危机开始,那么这就意味着危机之前一定是平衡状态——否则的话,为什么要把故事开端时间点拖到这么晚呢?比如说,"乔西听到一个声音",这就是个很不错的开头,因为它引人调查探究,而故事也就从此开始了。平衡状态不着笔墨,便被直接拉进了不和,而当乔西前去查探状况时,我们知道马上就会出现某个诱因事件,推动故事继续发展。

亚里士多德说过,故事最重要的就是对系列事件的安排。每

个事件都有因有果,并与情节相关联。我们可以将这里的系列事件理解为情节发展的六个阶段:

- 开头(opening)
- 冲突来临(arrival of conflict)
- 早期成就(early achievement)
- 转折变化(twist and change)
- 收场(denouement)
- 最终后果(final outcome)

一般认为,儿童故事应以冲突开头。不要过分延宕冲突发生时间。这不是什么硬性规定,但故事必须包含变化。从开头到结尾,故事一定是发生了某些变化的:一切都不可能回到与从前一模一样的状态。从情节模型中我们可以看到,六种变化是循序渐进的。但你也不要把这些技术规则当作福音真理:亲自写写,才能找到适合自己的方向。

从开头到中间及结尾各个阶段,人物性格都一定要有变化。所谓"他绝不改变",只是随便说说的套话罢了。人都会变,现实生活永远变动不居。

故事要包含变化、回应变化、创造变化,故事主人公尤为如此,正是他们的变化才令故事得以成真。当然了,在儿童小说中,每章都应该是一个有头有尾有经过的独立故事。你更须记住的一点是,在每一章中,你都要给主要人物(们)安排有效变化。做不到这一点,推动故事发展也就无从谈起了。儿童文学写作中有一条黄金法则:故事必须往前走。不要在阻碍故事推进的无关小事或支线情节上浪费笔墨。后文我们讲到金字塔式情节结构时还会讨论这一点,谈谈如何令情节既快速推进又不失趣味性。

当然,前文提及的模型也会出现些许变动,后面我会详述。尽管如此,在儿童故事写作领域,它仍然非常行之有效。你会看到,它能适用于从绘本到青少年小说等所有体裁。

我们都有能力读懂故事的创意构思,并且自认可以把它写得更好。我们也会把老故事拿来,并努力让它推陈出新——比如说,将其置于当代背景中老瓶装新酒。乞灵、借用、模仿或戏拟别人的故事(无关好坏),除非极其谨小慎微,否则这种做法只会把你引向陈词滥调的老套路。你终归要寻找自己的故事。而且,其实你心中是有故事可讲的,只是需要学会如何去挖掘。

说到这个问题,不妨顺便谈谈下面这番饶有趣味的理论。在《作家与白日梦》("Creative Writers and Day Dreaming", Freud 1990:129)一文中,弗洛伊德写道:

> 我们外行人总会十分好奇……作家这个怪人究竟是从什么地方找到写作素材的,又是如何通过写作给我们留下那样深刻印象的,他甚至会在我们心中唤起连我们本人都想不到的情感。

他的结论是作家的创作并不会"把我们也变成作家"。弗洛伊德的意思是,我们应该拥有从自身寻找答案的能力。对于为儿童写作的人来说,他的补充论证特别有意思:

> 我们不是应当从孩童时代入手,去追寻想象活动最初的蛛丝马迹吗?……我们是不是可以将玩耍时的儿童类比为作家呢?他在游戏中创造了自己独有的世界,甚至会随心所欲地以全新的方式重置世界万物。如果认为他不拿生命当回事,那就大错特错了,恰恰相反,他在其中倾注了最大的热情。

……作家与玩童如出一辙。他认真地创造出一个幻象世界——在其中，他倾注了最大的热情——并使其鲜明地区别于现实世界。**语言保留了儿童游戏与诗人创作之间的关联性。**（同上：131－132，着重部分为我所标）

弗洛伊德轻而易举地说服了我们。事实上，他的老朋友卡尔·荣格(Carl Jung)也赞同这个观点。在他看来，创造新事物不只依靠智力活动，也要诉诸游戏本能。创造性思想与其所爱之物一同嬉戏玩耍。创造性想象力，亦即游戏本能，人人都拥有，只是在面对成人世界时，我们会将其视为幼稚孩子气而强加压抑。但这并不意味着人就永恒失去了创造性想象力。你需要做的是找到释放自己孩子气的途径。这也就是所谓的灵魂探索——追寻你埋藏在内心深处的嬉游(playful)故事。但是首先，你需要反复练习探寻技巧。在探索心灵时，不要沉溺于纵向深挖，不管不顾地掏出许多大坑：一定要在迷失于黑暗之前，及时止步。放松下来，在心灵领地中巡行游览，逐渐找到最佳故事的埋藏之所。

从小橡子……①

　　阿尔伯特·爱因斯坦(Albert Einstein)曾经说过，想象力比知识更重要。然而，不幸的是，我们的知识储备，往往不足以让我们辨认出自己想象力中真正的启发性灵感。灵感常被当作许多优秀故事的源泉，而每个故事也的确都需要一点点灵感的魔法。但是，你会发现有意为之(awareness)才是作家技能包里最具启发性的

---

　　①　典出 From small acorns do large oaks grow，从小橡子长成参天大树。此处喻指故事从细节开始，慢慢发展成熟，小细节成就大故事。——译者注

要素。时刻注意,对可能性保持警觉。即使最不起眼的故事线索,你也不应视而不见。往往是小细节成就了大故事。故事俯拾皆是,等着你书写,所以一定要保持创作敏感。曾有人问鲍勃·迪伦(Bob Dylan),你是怎么写出那么多歌的? 他的回答是,歌就回荡在身边啊,你只要追得上、抓得着就行了。收获果实就是灵魂探索的另一种版本。你要倾听那些别人听不到的故事。但假如你打一开头儿便调不对频,那还怎么指望听故事呢?

举个例子吧,真人真事。在我家那条街上,有个叫乔(Joe)的男孩(他现年 24 岁,但我们已经认识 15 年了,在我心里,他依旧是个小朋友)。他现在从事电影制作,我最近还看到他在花园里拍新片子。在乔执导的同时,我发现还有一个纪录片团队,在拍摄他导演电影的全过程——这是他们的学位论文项目。突然间,乔隔着花园挥挥手,把摄影机转向了我。我就那么看着纪录片团队拍摄着乔拍摄我。当然,我笑了,也冲他挥挥手。这跟我以前在电影片场的感受截然不同,完全没有什么敬畏(或追星)感。但是,当我看着纪录片团队看着乔看向我时,一个充满创意的三角关系形成了。我令三者产生了联系。

如果这次片场事件发生在我 13 岁之时,或许会显得魔力闪闪,毕竟那时我真的全心迷恋电影。我会热烈渴望亲身参与其中。眨眼之间,故事有了。接下来我要做的是,让自己回到过去,回到对电影充满憧憬敬畏的年纪。

这并不是什么魔法。对可能性保持想象力与敏感度,这才是关键。希望我们这个故事会充满魔力吧。我把它命名为《拍摄乔》(*Shooting Joe*)[①]。请看下文:

---

① 参见梅尔罗斯(2001)。

13岁的乔西(Josie)爱上了乔,这注定是场没有结果的单恋。她觉得,唯一能推进二人关系的办法,就是设法混入他的电影项目。她成功了。但悲剧还是砸到了乔西头上——乔的女朋友从大学空降,担当电影女一号,而乔西呢……

你当然看懂了我的意思,但你或许也会不服气:并非人人都能那么幸运,恰好碰上隔壁邻居在后花园拍电影,恰好故事灵感就来了。

没错。然而,或许我说谎了呢(这是允许的)。这故事根本就不是真的!

乔的确和我住在同一条街上,他也的确想当电影制作人……除此之外,都是我编的。他压根儿没在花园里,也压根儿没有什么学生团队在拍纪录片;乔西——她完全是我的虚构人物,虽然我还能记起自己13岁(左右)时是什么模样。

我坐在书桌前写作本书时,乔西和乔的整个故事直接就走进了脑海里,你在其中一定能看得到其他作家作品的影子。弗洛伊德将这种情形称作白日梦。故事径直浮现在脑海里,通过一系列相关想法而将乔塑造成了一个充满憧憬敬畏之心的少年。我不会把故事轻轻放过,而将选择在本书中不断与它重逢。乔西与乔的故事未完待续!

故事是经验叙事:你的经验阅历

讲故事的人,说历史的人(homo historia),我们即故事,故事即我们。在日常生活里,我们每天都通过故事沟通交流、体验人生。在此意义上,书写故事就如同一场考古发掘,旨在揭示并叙述自身的真相、历史、文化与可预知的未来。这并非因为写作有多奇妙,而是生活本就魔幻而神秘。我们书写故事时,可并不仅仅是挖掘几块古老的、死去的隐喻之骨。挖掘本身便是故事的一部分——你正在挖掘的人生经历的一部分。索福克勒斯(Sophocles)说得对,寻找才能寻获。未经寻找之物永不会被寻获。撸起袖子,挖开你过往故事上的泥土吧。

作为讲故事的人,我们复活着那些在历史长路上散佚、遗忘的鲜活人生故事。雅克·德里达将会如此阐释:令我们感兴趣的,正是散佚与遗忘之事。当然,若任何故事中不成功的压抑缩减都是为了追求清晰易读,这是否会对故事自身的历史隐晦性(historical opaqueness)造成局限?① 那些压抑又令人迷惑的叙事,不断寻找我们内心深处的声音,它们正是真实的故事。故事的蛛丝马迹随处可见,只要你留心观察。别让你的故事走上恐龙的绝路。

考古隐喻也提醒了我们另一个问题。我曾带过一名非常优秀的硕士生。她当时在写一部长篇小说,主人公是生长在考古学家家庭的孩子们。基本情节架构如下:每年暑假孩子们都会被父母带到国外去参与考古发掘;阿兹特克、印加、庞贝,各处古城向他们招手,然而孩子们却极度厌烦;他们想去海滩度假,舒舒服服地过过青少年生活。当时正好我们学校考古系也常常组织周末考古发掘活动,于是我就问这个学生是否打算去感受一下。我之所以提出这个建议,是希望她通过活动为故事做好背景调查。

"什么,就我这指甲?"她边说边举起双手,向我展示修得齐齐整整、染成亮红色的十根指甲。

这个故事你可以做出多种解读。比如说,你可以批评她写作之前完全不做调查功课。但我想说的并不是这个。"什么,就我这指甲?"这句话被她原封不动放到了小说里。这才是关键。小说的

---

① 关于这个问题,德里达的论述(1978)值得一读。

主人公是个不情不愿的考古者,与其朴实的父母截然不同。这个十几岁的小姑娘留着精致指甲,穿衣打扮十分讲究。在故事中,父母亲忙着满世界进行考古发掘,而她则会被遣送到寄宿学校。她的全部生活就是与宿舍小姐妹一起分享成长的烦恼以及女孩子们关心的种种小事情。我的学生非常清楚,她的主人公为什么会将挖掘视作最可怕的噩梦。这个故事讲的不是考古发掘,而是如何逃避考古发掘。她在主人公身上看到了许多自己的影子,但是你知道,那同样是个故事。这也引出了我们的下一个话题:人物(你或许会想,这一切都是我计划好的吧)。

人 物

读小说时,人物最令我们感兴趣。让我们爱、恨、欢笑、痛哭、共情的,都是人物。他们:可爱、迷人、讨厌、讨喜、奇怪、诡异、好奇、善良、坏、邪恶、萌、开心、悲伤、冷漠、烦人、专横、服从、霸凌、被霸凌、男孩、女孩、男人、女人、兔子、青蛙、泰迪熊、狗、黑人、亚裔、苏格兰人(像我一样)、漂亮、长痘、有雀斑、好看、废物、我小妹、爱运动、蠢、逗、势利、政治动物、怪物、机器、机器人、美人鱼……这张单子没有尽头。但是他们绝不平淡无奇!把这句话当作咒语(mantra)多念几遍!读小说时,人物最令我们感兴趣。小说中的其他一切都是为人物发展服务的。

在前文提到的考古故事中,我们看到,人物形象构成了故事发生的前提。鼓励这位指甲亮红的学生建构出她的小说主角,这很容易。她要做的就是塑造出一个更加年轻版本的自己。她知道一切自己不想知道的考古知识,也知道如何逃避考古。她这一辈子都在从类似的处境中逃离。

让我们更加深入地谈谈人物问题吧。

你首先要确定的是,你希望塑造一个什么样的人物。是猴子是人,都无所谓,只要这个拟人故事能让你的儿童读者看懂就好。真正重要的是把人物塑造得有趣味,使得故事能够走下去。把它拉到前台,放到聚光灯下。我们往往从人物的出场介绍,就会看出他/她是否已经做好了成长发展的准备,或者说是否足够有力,担得起整个故事。

在讨论故事的小节里,我给大家讲了 13 岁姑娘乔西爱上乔的故事。这个故事开头其实什么也没讲出来。人物介绍须涉及以下因素:周围环境、情感状态、成熟程度、成长阅历,以及最重要的,他/她一定是三维立体的、真实可信的人。让我们围绕乔西的人物出场介绍来看两个例子。

示例一

　　爸爸断然摇头:"不行,打脐环绝对不行!"

　　乔西冲他皱起眉头:"蕾切尔(Rachel)和阿米娜(Amina)昨天都打完了!"她好想大喊出声:**要是妈妈还在,她一定会同意! 你什么都不让我干!** 但是这样未免太残忍了。

　　"我说,乔乔,"爸爸叹口气,"你才 13 岁啊。"

　　乔西近来特别讨厌别人叫她乔乔,而且谁还能永远 13 岁啊?妈妈一定能懂自己。

　　乔西又气又急,直抓头发。都剪了算了! 给他点颜色看看。可是乔也喜欢她留长发啊。没有乔,人生只剩悲伤无望。

　　她把眼泪憋回去:"你还把我当小孩儿看!"

从这个段落里,我们很快就能对乔西的形象做出初步判断:

- 亲子冲突

- 追求时尚

- 想融入女孩小团体

- 悲切思念去世的妈妈

- 乔西时年 13 岁

- 无人理解她（或许蕾切尔和阿米娜除外）

- 乔西是长发

- 爸爸和乔都喜欢她留长发

- 她小名叫乔乔

- 爸爸很可能还把乔乔看作他的宝贝小姑娘

- 乔西想要为了给爸爸点颜色看而剪掉长发

- 她的叛逆或许是因为母亲过世

- 乔西喜欢乔

- 乔是她活下去的唯一动力

- 爸爸不知道家里有个"恋爱中的青少年"

- 爸爸忘记了青少年时期生活的模样

- 乔西渐渐长大了

上述每一个主题都可能随故事展开而发展出独立的情节线，因此，在发展乔西这个人物时，当然也大有可为。我们再来看另一种思路。

示例二

> 乔西盯着医生。他的嘴巴像鱼似的一张一合，显得好蠢。她或许会笑出来吧。但其实也没什么可笑的。
>
> 他把光对准她的一只眼睛，搞得她头好疼。他嘴巴又开始一张一合。

她听不见他的问题,"乔西,你能听见吗?"

她听不见任何声音,除了自己的思绪。

"你好,少年"这句话在她脑海里一遍遍回荡。这是她印象里能听清的最后一句话。还是两天前的事。乔现在绝不会喜欢她了!

你看,一个全然不同的故事出现了。但我们又可以了解到乔西的更多侧面。

假如我们希望创造一个丰满的圆形角色,而非脸谱化形象,那就需要对这个年纪的乔西有更多了解。在她看来,自己已经完全进入了青春期,如同托马斯·哈代笔下的苔丝,"即将成为女人……不再是个孩子"。在行文中我们透露相关的、合适的以及有用的信息即可,但我们必须要知晓人物的一切。如果"她的胸部已经发育"这个事实与故事无关,那提它合适吗?我们知道她正处在长大成人的边缘,所以身体发育对她(也对作者你)十分重要。发育问题会影响她的自我观感、情绪,并且事关别人如何看待她。如果24岁的乔十年前给她当临时保姆时(当年他14岁,她才3岁),曾经开心地把她抱放进婴儿床里,那么现在他和她又将如何看待对方?目标读者也很关键。放在纳博科夫的洛丽塔身上十分合适的信息,挪到乔西身上或许就不那么合适,虽然她的确在发育。一切要义都在于想清楚你所塑造的人物究竟是谁。

对上文两段人物介绍的匆匆一瞥,即可知道,其读者年龄段大概在9~11岁。在阅读年龄这个问题上,我的建议是让读者"向上读",亦即试着去理解比他们年龄稍长一点的世代。书写年长世代的经验阅历,有助于令读者在未来面对相似的历练时拥有更强的参与感。孩子们喜欢阅读他们尚未经历过的故事。

　　了解你的人物。如何令人物真实可感？如何令人物显得可信？我们为什么会在意人物的前途命运？你对自己笔下的人物足够在意吗？我有位写系列小说的朋友，她简直爱上了自己作品中的主人公。在她的想象中，他宛如年轻的、头发蓬蓬的、*That'll Be the Day* 时代的流行歌星大卫·埃塞克斯（David Essex）。这当然承载着她自己的年轻时光。她的心灵之眼看得到这个人物。

　　我还可以从各种不同角度分析乔西，但这其实是你要做的功课了。当你创造一个人物时，你一定要知道如何在小说中运用它。但是你或许也愿意想想下面这个问题。在为某部动画片写故事时，我们创作了一部所谓的"宝典"（bible）——里面包含所有主要人物描述。等到进入动画制作流程时，这些描述又补充了图画形象以及相关情节。例如，假设乔西在第二集失去了母亲，我们就要想好接下去几集的故事连续性。想想一部电影需要多少个工作人员，你就知道宝典的备忘作用有多大了。

　　让我们来看看乔西在宝典中的首次亮相：

　　乔西（13 岁）；小名乔乔；独生女；5 英尺，仍在长高；苗条；金色长发；闪亮的蓝眼睛；最好的朋友是蕾切尔和阿米娜；女孩小团体里地位比较边缘，还未完全融入，热衷打扮，想变得时尚受欢迎；爱上了乔，她小时候乔还照看过她；母亲去世了；父亲苦苦支撑家庭；她忧伤、迷惘又极为孤单；她爱吃比萨和鱼，绝不吃肉；她读书很多；不喜欢看电视……

关键在于，你要尽可能多地掌握信息，这样才能清楚这个人物的特质究竟是什么。即使你并不打算使用所有信息，但是类似的练习仍能帮助你构筑出历史深度，从而创造出更加三维立体的形象，而非止步于扁平的脸谱化描述。你的人物可以是：高、富、矮、胖、瘦、肌肉健壮、智识出众、性感、秃顶、北方人、外国人、穷人、黑人、白人……给他们安排衣服、珠宝、汽车、房子……总而言之，赋予他们个性。

将自己置于故事情境之中。初次见面时，总会有新朋友问我是做什么的。等到我一开口，他们又会立刻听出我老家在哪儿（苏格兰）。他们会观察我穿什么衣服，刮没刮胡子，闻到我身上有没有气味——气味好坏姑且不论。即使仅从这些初次印象中，他们也可以按照自己的喜好拼凑出一幅关于我的多义性形象（而且并不一定总是好印象）。对他人而言，我们的人格特质呈现为种种线索。这些线索正是你需要赋予笔下人物的。尽量让他们看上去完整、真实，像人一样——就算这些角色可能是兔子、鱼或坦克发动机。当你对他们的过去与现在了如指掌时，再去试着融进他们对未来的希望。想清楚你要带他们去向何方，希望他们发展成何种模样，但是也要给角色留出呼吸空间。

让你的人物慢慢成熟。你所组织的"事实"不应成为约束限制，而应呈现为有关这个人物的标志、痕迹、脚印、符号、征兆、阴影、轮廓以及暗示。透露线索时，尽量巧妙，注意节奏。他/她有时会逐渐偏离你最初预设的理想形象模式，这是因为人物是随着故事发展而不断变化的——这对任何故事来说都十分关键。他/她的终极人格特质或许将变得与你当初心灵之眼所见不大相同。但这也不是说你从一开始就应该让心灵之眼失明，什么也看不见。

思考一下你想塑造的人物，给他/她写个人物小传。想想究竟是什么特质定义了他们，以及他们与下列问题的关联：

- 故事世界①全局

- 故事上下文语境

- 她可能拥有的想法

- 她身边亲友可能拥有的想法

- 哪些是现实,哪些是幻想

- 他们何去何从

还有,在介绍乔西时,我其实有所保留。你可以试着猜猜我没讲的内容是什么。当然,就算在乔西的第二幅肖像描写中发现她其实双耳失聪,读者也会感到能够接受的。但是,我其实已经泄露了一些线索。假如你当时没留意,现在可以翻回去看看:真的留了线索。

展现非讲述

显然,展现非讲述,是我们的关键词组。把人物展现给读者,让他们在你的叙述长廊中鱼贯而出,给他们高光闪耀,令读者惊艳于他们的形象。你照料好他们,他们也会反哺于你。下面就让我给你讲述一个小故事吧。

我有位才华横溢的雕塑家朋友。有一次,他接到一个公共展览项目委托,需要雕一座真人大小的男孩石像;而且这项工作要在公共空间公开进行,让市民们看到工作进度。日复一日,当地居民都会驻足审视,观看雕像,评头论足。但我的朋友被一个小孩子吸引住了。这个六七岁的孩子,每天上学都会路过这里。他对雕像永远都是匆匆一瞥。每一天,孩子走过时,雕塑家都会拼命吸引他的注意力。他冲着男孩大喊,展示自己的作品,然而男

---

① 故事世界是指你创造的世界,无论它是纳尼亚(Nania)抑或埃切菲钦(Echelfechin)。

孩无动于衷,丝毫提不起兴趣,好像这座雕像只不过是他上学路上原本就有的一个路标而已。这让雕塑家有点焦虑。归根结底,人们期待他呈现一座男孩雕像,然而现实中的男孩却对它毫不在意。

后来有一天,正在雕塑家差不多完工的时候,发生了一件事情。最后揭幕前夕,雕塑家正在给雕像做最后一次打磨,男孩终于停住了脚步,仔细看着雕像。他打量了石头男孩半晌,脸上忽然露出了明亮灿烂的笑容。

"好奇妙啊,"男孩对雕塑家说,"你怎么知道他在那里的?"

我的雕塑家朋友洋洋得意。他的雕像确实栩栩如生。

这个故事是真的吗?真假重要吗?关键在于,创造人物正与此相似:始于砖块,经由刀削斧凿,直到真实可信的他/她渐渐浮现。如同雕像在小男孩眼里终于成真一样,我的故事中这个对雕塑家视而不见的小男孩,最终也在你眼中鲜活起来——而你甚至没有意识到我正在把你拉进故事中,是不是?

让我们从另一个角度思考。这个男孩最初与雕塑家并未建立起人物关系。直到第二个男孩——石头男孩——出现,二人间的对话才得以发生。第三人,这是在写对话时,我们需要斟酌考虑的问题。双人关系——本文中是雕塑家和男孩,常常需要借助一个麦高芬(MacGuffin)①来建构故事;在这个个案里,石头男孩就是他们的麦高芬。这个第三要素就是故事转折的催化剂。后面讲到对话(这通常也是引入麦高芬的最好方式——麦高芬可以是任何

———————

① 麦高芬是阿尔弗莱德·希区柯克(Alfred Hitchcock)创造的一个有关故事讲述的术语,它指的是故事中能够推进情节发展的某种事物、条件或事件——电影《鸟》(Birds)中的鸟,就是一个绝佳范例。

事物,从电话到不会说话的石头男孩,至少在我们这些世故的大人眼里,它口不能言)时我会更深入地解释这一点。

最后,如果你已经赋予了人物真实性,接下来你要做的就是让他们鲜活得栩栩如生。他们要能够飞出纸页。就算不喜欢他们的某些人格特点,你也必须爱你所创造的人物;他们脱胎自你的人物陶泥模型,从你的灵魂里得到滋养,你要给他们血与汗、泪与笑、挣扎与成功;给他们观点与争论;给他们危难与结局;给他们行动与反馈;给他们动机与后果;给他们爱。削去所有累赘重负,让他们的灵魂裸露。把生命当作礼物赠给他们! 这不是魔法,这是技术。

视　角

定下故事之后,接下来的头等大事,便是斟酌写作视角。

谁来讲故事?

透过谁的眼睛讲故事?

怎么讲故事?

故事叙述者与其他人物有何关联?

这些都是你必须回答的重要问题。一旦你确定故事视角,那就要坚持始终如一。当孩子们开始听/读故事时,他们会被中心声音(central voice)所吸引。你的读者甚至会代入成为角色人物,视角的力量绝对不可小觑。至少在为低幼年龄段儿童写作时,随意改变叙述声音只会令孩子们困惑不解(青少年小说会放宽要求,允许出现多种叙事声音,但最好控制在两种以内)。

慎重选择视角。做出选择时,不能仅仅考虑作者自己,更要考虑读者——孩子们对你是抱有很高期望的。既然你已经说服孩子们打开了你的作品,那么倘若因浮皮潦草而令他们失望,可就太说不过去了。

视角可分为以下两种：客观与主观。

客观视角

大部分文学作品，包括儿童文学在内，使用客观视角——所谓"第二人称"——的机会其实很少，因为这一视角要求叙述者始终要保持置身于所有人物之外的报道式风格。最典型的例子就是那些直接向"你"讲述的作品，比如我们这本书就是如此。但是它不完全等同于"如何使用洗衣机"式的说明书。我们也可以把客观视角运用到虚构作品之中。例如：

> 乔西看上去不像小偷。但她拿起那块闪闪发亮的石头，塞进口袋，撒腿就跑。乔在她后面稳步跟随。跑到大门口时，乔西还回头望了望。一进屋，她就奔到窗口。乔看都没看一眼就走过去了。她拉上窗帘，叹了口气。乔西看起来可不像那种藏东藏西的女孩儿。但话说回来，谁看起来像啊？

"但话说回来，谁看起来像啊？"这个反问显示出叙述者始终游离于人物之外。我们不知道乔西或乔的所思所想。她为什么要拿走石头？她要这石头干什么？她为什么要撒腿就跑？她为什么要回头望望？我们一无所知。唯一的问题出自未知的叙述者之口。我们会猜想乔西的所作所为八成与乔有些许关系，还会猜想乔西见到乔时或许有点儿不好意思。但实际上我们什么都不知道。因此，对青少年小说而言，这个叙述声音显然不合适。这段描写浮于表面，完全没有挖掘人物的情感深度或主体性。归根结底，视角有其效用，不能无视，在面向低幼的读物与绘本中更应如此。

在一些绘本中,客观视角十分高效,因为绘本在讲故事时,常用图画补全潜文本(subtext)。若你试图在读者与孩子间寻找折中调和,这也不失为一个好方法。

尼克·巴特沃斯(Nick Butterworth)与米克·英科彭(Mick Inkpen)的《贾斯帕的豆茎》(*Jasper's Beanstalk*)是个绝佳范例。打开第一页:"星期一,贾斯帕发现了一粒豆子。"对页的图画里是笑眯眯的贾斯帕:他手里攥着一颗豆子。叙事视角是"报道式的",快乐满溢的图画诠释并传达着情感——亦即贾斯帕的"主观状态"。他笑着,为自己的发现满心欢喜。这种将文字叙述与图画表达两种视角进行符号式组合的方法,对孩子特别有吸引力,因为身为读者的他们可以直接代入报道者的角色。这本书实现了"客观报道"与"主观绘画"之间的调和。这样的作品不计其数。找来一读吧!

随着讨论深入,我还会更详细地分析具体作品。但即使在这样的亲子共读/入门级读物里,我们也能立即看到这种叙事方法的优势。

当然,作家与插画师的合作,对于图画整体呈现是十分关键的。但是假如你能想到好创意,磨合起来还是很快的。请记住,图画与文字有时也会发生冲突。孩子已经开始能够读出表述或呈现中的自相矛盾了。① 请看下面这几组对开页:

第一页　文字:(空白)

　　　　　图画:[本(Ben)微笑着看向一个纸箱子。]

第二页　文字:这就是个旧纸箱子啊,本。

---

① 参见亨特主编(1999:69-80)。

第三页　文字:哔!哔!

　　　　图画:(本坐在箱子里。他在车里穿着赛车手
　　　　　　服装。)

第四页　文字:你跑赢比赛了吗,本?

叙述者从客观视角出发提到有个旧纸箱子。但是通过插图,叙述者/读者很快就知道了本的所见所感。

　　在后面有关绘本的章节里,我们还会讲讲其他变体。但你应该知道,某个视角,或许与小说极不适配,然而它有可能与绘本故事特别适配。后文我们将详述这一点。

　　客观视角的另一个妙用体现在非虚构作品中,比如本书,我之前提到过,就是对读者以"你"相称。这种叙述的个性化特质允许我与你直接对话,此种方式对于本书这样的体裁尤为合适。

主观视角

　　这是最常用的叙述视角。"主观"一词指的是人物或主体的内在思想与情感。简单地说,它指向作品中人物的内心世界。

　　一般而言,主观视角可分为以下三种——全知视角、第一人称视角和第三人称视角(其实这也是一种限定性全知视角)。

全知视角

　　这种视角如神一般全知全能地观照世界。每个人物的思想、情感、对话、行动与背景都在其掌握之中;每个场景都详尽完备,作者会把一切都告诉我们。全知视角在 19 世纪小说中非常流行,因为当时作家们觉得有必要把故事的全部社会背景尽数讲给读者听。现在我们很少这么做了,这或许是因为叙事的非个人性特质

使得这种视角显得非常武断,难以令读者与人物共情,叙事是多声复调的,作者的全知声音也只是其中之一罢了。我们再来以乔与乔西的故事为例:

朗月当空,他却看不到蹿向花园深处的老鼠。凌晨两点钟,本不该醒着。但是好热啊,乔一直睡不着。

不远处,乔西看着他点了根烟,暗暗希望能知道乔在想什么心事。她跟乔认识了一辈子,对他却依然一无所知。不过这都无所谓。重要的是她跟乔正在慢慢接近。

乔对月亮吐着烟圈。乔西笑了。

乔又抽了一口。他好想再见玛丽(Mary)一面。把她一个人留在杜伦(Durham),这让他好难过。好在电影马上就要杀青了。

乔西遥望着月光中的烟圈。她相信乔一定在想着自己。他把烟掐灭转身回屋时,乔西赶紧躲到窗帘后面。"晚安,我亲爱的乔,"她低声道。她多希望他能抬头看看。他没抬头。但她仍然很开心,庆幸自己没被发现。

两只猫隔屋低吼,划破了寂静。

今早那封乔西来信好奇怪啊,乔心想。睡前他还琢磨了一下,要不要把信给玛丽看看。

躺在床上,乔西抱紧自己,心心念念全是乔。

而在杜伦,同一轮明月下,玛丽正笑意融融地看着和夫(Kazuo),亲吻。

另一只猫叫起来。

玛丽想,明天要和乔好好谈谈。但是,今夜她心里装的是别的事情。

而和夫……

最终成品似乎也算不错,但我仍然建议你尽量仅把这种视角当成写作练习,毕竟想始终如一也不容易。而即使是在多个人物彼此纠缠交织的情况下,我们也常难以自持地更偏向其中某一个人物,而非致力于做人物群像串联。在上文这段比较简单的三角恋关系中,问题还不怎么明显,但是瓦尔特·司各特套餐的时代早已不再,叙事变得更加精细讲究,所以仍要注意全知视角的潜在问题。

我们还会看到,几个人物在现阶段只是两两相关:乔西与乔,乔与玛丽,玛丽与和夫。每一对人物又都处在一种三角关系之中:乔西、乔与玛丽,乔、玛丽与和夫,甚至玛丽、和夫与乔西。这种三角关系十分重要。第三人因素成了推动故事发展的麦高芬。在我们的故事个案里,玛丽是乔西故事的麦高芬,和夫是乔故事的麦高芬,而乔西又是和夫故事中的麦高芬。既然如此,我们对人物的忠诚度就被切割了,而这样一来,就更难与单一人物实现共情了。看着乔与乔西,我们没法断言玛丽就不值得共情;但另一个故事里又有个和夫需要考虑。

第一人称

伊尼德·布莱顿(Enid Blyton)从不以第一人称写作儿童故事,因为她觉得孩子们并不喜欢这种形式。其实不然。孩提时代,第一人称或许是我们认知事物的首要视角。就算以客观视角来写作,我们也仍倾向于通过第一人称来发展主观动机。

我们最初的写作源自个人视角,我们思考问题也会从个人视角出发。讲故事或构思故事时,我们也会以个人视角来描述世界。但是在创作中,我们认为这一视角是最难保持始终的,尤其是对儿童文学而言。

第一人称的优势显而易见。一般来说，第一人称写作使用口语，亲切随和，能让读者与叙述者产生舒适惬意的对话感。叙述者直接与读者对话，这能令情感和内省在较为亲密的层面上得到体察。同时，叙述者对其他人物的态度也会变得更加容易理解，因为其情感反馈可以直接嵌入，又不至于显得太突兀。比如下面这个例子：

"好了。要走吗？"

我的天啊！她究竟穿了个什么啊？她知道自己看着像什么吗？"挺好看的，"我撒谎了。还能说什么呢？萨莉（Sally）是我的好朋友啊。总不能伤感情吧，对不对？

"说吧，怎么了？"

"哦，没什么。"

这里采用第一人称视角，就出现了很多问题。你只能从单一的、主观的视角出发，只能从一个角度看世界，当然也就只能得到一种情感反馈。萨莉问要不要一起出去，而她的好朋友——"我"，亦即叙述者——此时或许还不知道她的想法。其实萨莉的想法是："考验友情的时刻到了。如果她不告诉我穿这身出门跟傻子一样，那她就是撒谎了，我们都知道。"我们无法确知她的想法，因为我们只能看到一个视角；虽然一般而言，随着故事发展，一切都会慢慢浮现。但是你可以看到问题是如何发生的。在故事结尾，叙述者会揭示一切：

"萨尔，你的意思是刚刚在考验我吗？"

"当然，"萨莉答道。

我天，我才是傻子啊。可怜的萨莉，她会怎么看我啊？"当初我要是跟你说实话就好了，对吧？"

萨尔只冲我笑笑。依然是那种无所谓的笑。我不该被这样敷衍。

"行了，"她说，"小伙伴们不就这样吗？"

我知道她说得对。"我其实知道你说得对。我当时只是不想伤感情而已。说到底，除了咱们俩，谁还能互相说实话呢？"

萨莉大笑起来："你该剪头发了。"

我皱皱眉，也笑了。"你好烦！我知道了，确实很乱……但我想把头发留长点儿。"

这种误会当然还是挺有趣的，而且在写作现实向故事时，你还会发现，它也挺有用。

由于叙述者以"我"的身份直接与读者对话，所以读者也会顺理成章地倾向于叙述者的立场，就好像在听好朋友讲故事一样。儿童文学领域的一个绝佳范例就是安妮·费恩的《护目镜》(*Goggle Eyes*)。强烈建议你将其当作第一人称叙述范本认真研读。用不上三页，你就会被故事深深吸引，甚至都来不及意识到这个故事是由吉娣·基林(Kitty Killin)所讲述出来的——她就像作者安·费恩一样，是位特别出色的讲故事的人。在这本书里，你会感受到创造出故事高手的那种力量。它与现实生活挣扎紧密相关：吉娣必须要处理好如何与妈妈新男友相处的问题，这一困境会拉近我们与吉娣的感情联系。但是我们对她的理解，在某种程度上是一种偷听——偷听吉娣讲给朋友海莉(Helly)的故事，而海莉听完这个故事,又会以此对比她自己面临的困境。"偷听"这一写作技巧,简单又好用。找准听众,让大家坐下,给他们讲讲你的故事。这种方式听起来是不是很耳熟呢?读读《护目镜》吧,不会失望的。不要误以为第一人称只适用于年纪较长的读者群体。

托尼·布莱德曼(Tony Bradman)的《恐龙迪利》(*Dilly the Dinosaur*)系列童书也是用第一人称创作的,以迪利的姐姐朵拉(Dorla)的视角讲故事。作为写给年纪较小儿童的读物,《恐龙迪利》提供了非常出色、细腻的第一人称叙述范例。

第三人称

第三人称常被指称为"限制性全知视角",是小说中最常见的叙述视角。为儿童写作时,你一定要事先确定:是使用第三人称全知视角,还是第三人称限知视角。两种皆可,但是做出决定之后,不要忘记那个原则:按高度写作。

第三人称全知视角

大概有四分之三的成年人小说都是以第三人称全知视角完成的。它允许小说从多重视角出发,揭示多个人物的"主体性"。但在儿童小说中,我们很少使用这种视角,因为视角转换会令孩子们感到迷惑:刚想象出某一人物的音容笑貌,立马又要转换视角去想象另一个人物。但也不是说第三人称全知视角就绝对不能使用。下面是我几年前发表的一篇作品(阅读年龄 7~9 岁)的梗概:

> "扎克(Zak)!"本边喊边拽住了小推车。"你去把烧毁的商业区堵上啊!"
>
> "你是说咱俩差点儿被烧到那里吗?"扎凯(Zakkai)回他,想起了从前尼西勒斯(Nihilus)拿巨型弹射火球冲他们开火

那回事。

"对，就那儿，"本说，"到前面窄街兴许就能把他们甩掉了。"

"走起！"

小推车从老商业区烧毁的巷子里呼啸而过，贾斯汀（Justin）焦虑地回过头来。"快点儿啊，扎克，快点儿！他们冲咱们来了。"

"我来了！"卡佩拉（Capella）嚷嚷起来，觉得自己特别厉害。

陡地一下，扎克把身边的一卷绳子扔给了贾斯汀。"贾斯汀，快，房梁那儿。"他边说边指向一栋焦黑的房子。

不用多说，贾斯汀立刻看到烧焦的房子上还挂着根摇摇欲坠的房梁。他迅速把绳子一端绑到小推车上，另一端打了个套索。然后，他把套索扔过头顶，正正套到了房梁上。（梅尔罗斯、布朗 1998b:10）

在这段引文中，扎克和贾斯汀的主体性都得到了呈现："'你是说咱俩差点儿被烧到那里吗？'扎凯回他，想起了从前"；以及"贾斯汀焦虑地回过头来"。两段都非常简洁，但是在全知视角下，我们看到，通过"想起"与"焦虑地"两处表述，扎克和贾斯汀的内心活动凸显出来。

这里的技巧是简洁俭省地使用全知视角，并预留出足够的线索，比如通过"他想""她说"等方式来交代人物的思考与话语。这种交代也可以表现得更为细致委婉。比如下面的例子：

她比之前更气了，而且想要冲他们大喊："把嘴闭上，行不行!"

"好了,乔西。"阿米娜叹口气。她知道乔西不高兴了,但又不太明白她为什么反应这么激烈。

"对啊,同学。别生气啊!"

"你别管,蕾切尔,"阿米娜补了一句,"你一说话把事儿搅得更糟了。"

真的吗,蕾切尔心想。但她没再说话了。

也好,乔西心想。闭上嘴最好不过。

等讲到对话时,我们还会更加深入地讨论这段引文。现在,我们来看看三个人物主体性的呈现。对我们来说,这三个人物都是由周旋于两个女孩间的阿米娜来界定的。乔西和阿米娜的主体性是直接呈现的,但是"真的吗,蕾切尔心想"这句话又透露出了叙事的第三人称视角。当这三个女孩同属一个小团体,或都身处一地,同一个小团体中容纳多重声音时,这样的处理方式更是轻而易举。经典范例如伊尼德·布莱顿的"秘密七人团"(Secret Seven)。这一视角的黄金法则是,视角转换简单清晰,确保人物视角的内在衔接性,能让读者看懂谁在说话以及为什么要说。(当然,在为较为年长的目标读者写作时,这个建议就不一定适用了。但是你仍应记住,大部分成年人小说的主体声音数量也是有限的。)切记不要把这种写法变成随便插入的不着边际的琐碎闲聊。

较为常用且相对克制的全知视角叙述方式,可以参考 J. K. 罗琳《哈利·波特与魔法石》的开篇 50 页。在这一部分中,我们可以看到从德思礼家(Dursleys)、哈利、麦格教授(Professor McGonagall)与邓布利多视角出发的主体性叙事,虽然随着故事发展,小说逐渐转向了更为限知的视角。关键是,在最初这 50 页中,J. K. 罗琳设定了整个系列的基调,而始终没有严重偏离故事主线,并且对众多人物主体性的呈现也并未影响到故事的顺畅展开。事实上,她的每个人物都在推动故事不断向前发展。

　　另一种多重视角的运用方式是把它们分散到各个章节中。比如,你正在写两个人物(或许他们俩保持着通信关系),可以把他们分置两地,这样就不至于产生混淆;约翰·马斯登(John Marsden)的《内部来信》(*Letters from the Inside*)就是一个很好的例子。日记也可以为你同时使用第三人称与第一人称叙事创造条件。梅尔文·伯吉斯(Melvyn Burgess)的《废物》(*Junk*)给出了另一种精彩的写作方式:从四五个人物视角来讲故事——当然,到这个阶段,你就已经逐步进入了青少年小说市场,需要面对更加世故老练的读者了。

第三人称限知视角

　　这是儿童文学(尤其是低幼读物)中最为常见也最为简单有效的一种写法。最严格地说,第三人称限知视角就是始终只从一个人物视角出发,无需内化叙事(参见"第一人称")。这种写法的优点在于方便读者与视角人物建立感情。比如安·费恩、杰奎琳·威尔逊(Jacqueline Wilson)和菲利普·普尔曼的作品皆是典型例子。

　　孩子们尤其钟爱这一视角。在故事讲述能力发展的最初阶段,孩子们写作时会使用第一人称,阅读时却更偏爱别人的故事。限知叙事是个不错的入门办法,能够帮助孩子们学习讲故事的各种技巧以及他们本人第一人称之外的叙事视角。而且,这种非常有限的技术还可以让孩子们与人物完全共情,让他们理解你笔下的人物(当然假设这个人物值得共情)。

　　我们再来看看乔西和乔的故事:

朗月当空。乔西讶异于月光的明亮。她看着老鼠在院子里鬼鬼祟祟,又突然闪出了视线。乔西四处望望,看是不是有猫潜行过来。正在这时,她突然看见了斜靠在藤架旁的他。她心一跳。凌晨两点钟,跟她一样,乔也本不该醒着。但他就在那里。

潮热之夜。他为什么睡不着,原因或许跟我一样吧,她想。乔西看着他点燃了香烟。"真想知道他在想什么啊,"她轻声自语。

尽管乔西跟乔认识了一辈子,对他却依然一无所知。不过这都无所谓。只要她能一直在他身边就好。这才是她真正的愿望。

她望着他对月亮吐出烟圈。这让她露出了微笑。乔做什么都会让她露出微笑。

烟圈如蓝丝带般蜿蜒在月光中。现在她知道了。她给他的那封信写对了。看着他站在那里,她更加有信心了。他或许正在想着她吧。肯定是这样的。

他把烟掐灭回屋时,乔西赶紧躲到窗帘背后。"晚安,我亲爱的乔,"她低声道。她多希望他能抬头看看,但是又很庆幸自己没被发现。

两只猫隔屋低吼,划破了凝滞的寂静。躺在床上,乔西心心念念全是乔。一切都会变好的。

我们可以看到,这个场景完全从乔西视角出发。它的局限性在于乔西要一直保持这个视角,但是除非你是为年纪较长的读者(如11岁以上)写作,否则保持限知视角是十分有必要的。好好运用,益处无穷。

在给学生们解释这一技巧时,我曾经形容它是"随身摄影机"。后来,学生们对这个比喻进行了发展,用以指涉脱离第一人称视角时的低语方式。尽管在本质上接近第三人称全知视角,但是它允许从主观的、第一人称视角进行叙述,且无需使用第一人称代词。

正如我的学生卡罗尔·萨博达(Carol Saboda)在其硕士论文[①]中所提到的,这种方法还可以再进一步细化得更为精巧。她令自己的第三人称叙述声音无限贴近作品主要人物,读者甚至会觉得我们是在透过人物的眼睛来阅读这个世界。

卡罗尔最初采用的写法非常传统:

> 奇怪的是,杰罗米(Jeremy)并没在意寂静。这仿佛是种解脱,尤其是在那场意外之后。最重要的,它分散了他们——他的母亲、他的父亲,甚至他的医生——的注意力。

"杰罗米"与"他的",这两个表述告诉我们这段文字采取了全知视角。但在讨论中,卡罗尔的同学们觉得,用"他的"修饰"母亲""父亲"有点啰嗦,因为现有文本中的叙述声音已经非常接近第一人称视角了。因此,卡罗尔修改了文本:

> 奇怪的是,他并没在意。寂静。这仿佛是种解脱,尤其在那场意外之后。最重要的,它分散了他们——妈妈、爸爸,甚至医生——的注意力。

有人会说这是第三人称与第一人称混合写法,但是卡罗尔称之为

---

① 萨博达(2000)。

"拟第一人称"（virtual first person），运用得当的话，效果惊人。路易斯·撒察尔（Louis Sachar）的《洞》（*Holes*，1999）也采取了这样的视角，可以一读。它的确可视为全知写法的一种变体，二者间的相似性微妙且紧密。这种视角能让读者与作品主人公贴得更近，又不必像使用第一人称视角时那样，依赖于充满约束性且略显自我中心主义的"我、我自己"。

希望你现在对叙述视角问题有了较为清楚的理解。还是那句话：悉心研究，勤加练习。这是熟练掌握技术的唯一途径。可以试着换几种风格改写作品第一页，你会惊讶：从第三人称限知到第一人称（比方说）的小小转换，或许就能让故事活起来（或走向死胡同，这也不乏可能）。但是要确保写作不偏离既定视角。在某些实验性小说中，混合视角或许很吸引人，但是在儿童文学体裁中这样的尝试显然不那么合适。不要在第一人称与第三人称间反复横跳——除非你是在为更加成熟的读者而写。想想读者想要什么，想想你自己喜欢读什么，以及为什么你会喜欢某部作品的叙述视角。即使在本书这样的理论作品中，视角也是贯彻如一的。我不能突然就改变视角，话还没有说完呢……好吧，事实上，安德鲁的视角可以变，而且刚刚就变了。如果他意识到了这一点，那他现在就要从第一、第二人称赶紧返回到第三人称限知视角了；而本来这本书用的其实是客观的第二人称视角。假如他意识到自己会道歉——但是很显然，他没有自己想象得那么聪明。那么，跟你讲这些的我，究竟是谁？你心里打了问号！使用第一人称说话的我，也有点迷糊了。前一分钟我还没有属于自己的叙述声音，过了一会儿我突然就发现自己成了无名叙述者，正对着你——无名读者——侃侃而谈。我比安德鲁年轻，当然还比他英俊，你可以在布莱顿2号、4号找到我……啊！他来了……一会儿再跟你说吧。

道理很清楚：慎重选择叙述视角，确保它有力且有趣。

无论你选择哪种视角，在叙事过程中引入第三人称都会给你留下进行改变的机会：（当然）不是改变视角，而是随着故事推进，改变情节走向、人物观念以及下一阶段的策略——这些改变，你知道，必然要发生。

金字塔式情节结构

始自开始

常有人问我是如何构思一本书的。说老实话，因书而异。有时我可能要花上好几个月才能等来思绪萌芽，然后突然就文思泉涌，下笔有神了。但是，跟菲利普·普尔曼一样，有时我压根儿就不修改，而是会为同一本书写许多个版本，一直写到满意为止。还有的时候，我会构思好整个故事，逐章安排妥当，以确知自己在写什么以及写往什么方向，并随着工作推进而不断修改。我目前正在创作中的小说（希望会成为我最好的作品），已经写了一年多，但故事才写到一半。我需要做个写作计划，否则有些很好的想法最终可能会忘记放进文本中。而写作本书这样的作品——不管是插空写，还是同时写——并不会帮助我完成另一本。说起来你可能都不会相信，但是在我写作本书与新小说时，手头还有九本书以及好几个电影剧本，分别处在重写、编辑以及其他种种未完成状态中。对你我而言，下面这个简单而直接的建议都该始终遵循：笔记本永随身！

对潜在作家们，我建议你做个写作计划。理由有很多，但最重要的是，它能帮助你整理好笔记本里所有的记录、随写与一闪而过的灵感。我的书里就有许多五光十色的想法,你或许会奇怪我是怎么把它们都记住并写到书里的。这个星期我就攒了好多论说片段,包括布鲁诺·贝特海姆(Bruno Bettelheim)、雅克·德里达、鲍勃·迪伦、米歇尔·维勒贝克(Michel Houellebecq)、卡尔·荣格以及查尔斯·达尔文。对于作家来说,观念与哲思必须能被连缀成有效、可读的叙事文本,它们才是有意义的。但是我发现,阅读并收罗各种观念,对写作能够产生良好的催化作用。

我又离题了。但这可是作家的特权,你能读到这里,说明你还爱我,能容忍我——但我渴望秩序。

大部分新手作家都有其他本职工作,只能抽空写作。因此,我觉得制定写作计划能够帮助作者在提笔时精准地知道自己今天该写什么。对我而言,这个方法非常奏效:它能节省时间,治疗心碎,拯救那些荒废、焦虑的所谓才思枯竭(我是不相信的)的时刻。如果你才思枯竭写不出来了,那只是因为你根本就不知道接下来该写什么。好,我又离题了。或许我确实应该仔细盘一盘写作计划了。这就来了。

我想把时间抽出来,但是生活和工作压倒了一切。作为大学教师,我必须要抽出教务时间。坐下来准备提笔时,关键是知道自己要写什么。做到这一点,写作时间其实无关紧要,你写出来的才是最重要的。因此,写作计划的意义就是确保故事不断推进。故事一定要向前走,但这不取决于写了多少字,而在于你的情节有所发展。不时检查一下小说"生长"到什么阶段了,这是很有必要的。对,我会将写作过程形容为生长。下面我们就来看看故事的播种阶段。

"情节"(plot)的词根,其本意就是"秘密计划",这个描述深得我心。你要呈现给读者的,正是叙事的秘密计划。放在小说里,这

个计划就是一条真正的情节线。但是我们都知道,一部小说会包
含多少错综复杂的层面、重点与对话①。"金字塔式情节结构"这
个描述,是我偶然间想到的。当时,我正在尝试解释开头、中间、结
局、支线情节、先导以及突发诱因的因果关系等。就在这么反反复
复对空抛球时,我突然意识到,虽然我知道自己在做什么说什么,
但是同时出现的声音显然太多太嘈杂了。因此,我开始把它们归
类为主线情节(main plot)、支线情节(subplot)、先导、开头、中间、
结尾等。

在我们展开话题之前,你首先要想清楚的是主题或者说主要
内容。你要写什么?你为什么要写这个故事?一定要记住,你的
作品必须要有坚实的根基。下面是一些比较常见的主题:

- 爱
- 嫉妒
- 恨
- 复仇
- 敌对
- 成熟
- 权力

动笔的时候,你一定要确保写清楚事件的前因与后果,行动与反
应。如果一切都付诸阙如,那你写这一章究竟是为了什么呢?沿
着这个问题,我们再来看看基础情节构想,比如:

- 探索

---

① 这里的"对话"来自米哈伊尔·巴赫金(Mikhail Bakhtin)的概念,意指
语言拥有双面性与双重声音,能够非常敏锐细致地反映其所处的文化与社会状
况。

- 冒险

- 追捕

- 逃亡

- 拯救

- 诱惑

- 转变

- 成熟

- 爱

- 禁忌之爱

- 牺牲

- 变形

- 复仇

构建情节时,"良好的开头、中间与结尾"这条箴言是你最大的挑战。

在"故事"那一节(见上文)中,我们曾经谈及下面的问题。现在到了动笔创作故事的时刻,它就更加不可回避了。让我们先来简单回顾一下。

- 开头:介绍问题。

- 中间:发展问题。

- 结尾:解决问题。

- 后果:留出嘉奖空间。

千万不要低估最后一条"后果"。它是红利,是回报,是嘉奖,是完成小说、破解罪行,并令故事主人公与读者在随故事浮沉后感到颇有收获——我们并非只读到了道德劝诫寓言或永远幸福快乐的糖衣药丸,而是获得了一种人生经验。

构思情节

　　构思情节的方法有很多。我的构思图示非常简单,但希望能对你有所启发。这个方法真的很有效,虽然学生们总在调侃我,但我发现他们还是会无怨无悔地应用我的方法来结构情节,甚至会引用到硕士论文之中。下面我以 6 000～10 000 字的 9 章小说为例,来讲讲金字塔式情节结构。

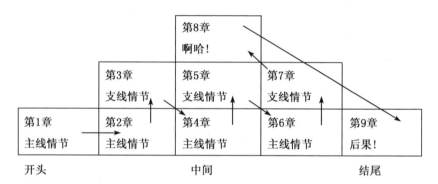

　　请仔细跟上章节编号。最上方的"啊哈"看起来似乎有点奇怪,但它可是城堡之王,最重要的环节;其他一切章节都是为它而存在,所以它必须占领最高点。上述故事构型也可以呈现为线性发展形式:

开头

● 第 1 章　主线情节　介绍故事引子、人物与矛盾。

● 第 2 章　主线情节　发展人物、引子、情节与困境。

● 第 3 章　支线情节　介绍支线故事、部分/早期成就。

引入诱因事件

中间(因与果/行动与反应)

● 第 4 章　主线情节　回到矛盾,继续发展,直到处境恶化。

- 第 5 章　　支线情节　　在矛盾发展过程中，紧扣情节主线。
- 第 6 章　　主线情节　　矛盾/危机到达高潮顶点。
- 第 7 章　　支线情节/ 主线情节　　与危机高潮交织缠绕。

引入结束事件

结尾

- 第 8 章　　啊哈！　矛盾/危机结束/化解。

最后终结

- 第 9 章　　后果！　全书结束。

这个系统是有弹性的，小书可以缩减，大书可以扩增，允许添加更长的主线情节与更多的支线情节。大致确定每个格子里的情节梗概或走向，会对你的情节构思极有助益。

接下来让我们更加深入地看看情节构思的各个阶段。

开 头

如果你认为随随便便就能写好童书，那我劝你再好好想想。据说当年申请电影《贝隆夫人》(*Evita*)阳台一幕的拍摄许可时，麦当娜(Madonna)曾经对阿根廷总统说："有话直说吧。"这话确实有点糙，但道理是对的——想学游泳，直接下水总比在岸上晃强多了——且尤其适用于故事的构思阶段。想象一下，前文中我的小说片段(仍以《拍摄乔》中的乔西与乔为例)以下面这种方式开头：

> 乔西打了个哈欠，往游泳气垫里窝了窝。她心情很好。淡淡的阳光温柔地晒在脸上，一圈圈涟漪包围着她。乔西长舒一口气。她好爱这样的日子。悠长，闲适，就这样无忧无虑地懒懒流连在泳池里。她望向花园，看得到乔正用摄影机对

着她。今天这件新比基尼是穿对了。一切都顺利泳动。她又舒口气,撅起嘴巴,用手轻轻撩着水。是啊,她想,一切都恰到好处。

这个开头将导向何处?这里没提到任何可能的后续。是的,我们可以假设乔西每天都过着这样无所事事的懒散生活。然而我们看不到任何能够抓住读者的刺激点,除非读者就爱看无所事事的流水账。其实一切都取决于读者期待。倘若小说叫作《桑迪·科夫》(Sandy Cove),我们还愿意读下去吗?听着就挺没劲吧!我们所期待的是大事发生。但假如小说叫作《鲨鱼来袭》(Shark Attack),那我们或许会觉得转折随后就到,尽管[后《大白鲨》(Jaws)时代]一切也都是套路罢了。

很显然,转折是必须的……而且要尽快。现在我们来看看另一种写法,《拍摄乔》版本之二:

乔西游泳不太行,但是躺在游泳气垫上的模样还是很迷人的。她特意穿上了新比基尼,这招看上去还挺奏效。乔摆弄摄影机的时候,她自我感觉正良好,甚至都没发现玛丽偷偷溜进了花园。

事实上,乔西根本就不知道玛丽在那里,直到乔突然叫起来:"玛丽!"

乔西看到他放下摄影机,朝她跑去。然而,她一探身,气垫突然翻了。

乔西瞬间就被折到了水里。她呛了水,一阵剧烈咳嗽。好难受啊。腿抽筋了,疼得要命,她心知这下可完了。她使劲揉腿,同时还要竭力浮在水上。她试着去够泳池边沿,也失败了。她在深水区，身子往下沉时，似乎永远也触不到池底。腿疼得要命啊。她还在往下沉。什么也做不了了。她在心里呼喊着乔，嘴巴却发不出任何声音。

"乔西，"终于，乔尖叫起来，"乔西！"

但乔西已听不见他了。

嗯，这段确实有点狗血了，但是最起码它把你抓住了。开头部分是你留住读者的唯一机会。开头砸了，整本书也就全砸了。我的朋友、获过奥斯卡提名的电影导演吉米·村上（Jimmy Murakami）曾经告诉我，电视电影的开头只有一个任务：阻止观众起身开冰箱找吃的或去拿遥控器换台。一本书的开头亦然。珍惜留下读者的机会，不要让他们开卷即失望。我最爱的小说开头来自查尔斯·狄更斯的《远大前程》（*Great Expectations*）。跟随皮普（Pip，带着前程梦想）一起走进宁静的教堂墓园，突然一声断喝："别出声，你个小恶魔，不然我就宰了你！"这时我们一定也会不寒而栗——必须读下去，别无选择。

在开始写作本书时，我问 7 岁的女儿，能否给我写一个故事开头。她欣然同意："半夜，莫莉（Molly）醒了。她听到了一个声音……"这个开头单刀直入，直指危机。若无事发生，便没必要浪费笔墨。

这样的写法非常普遍。从狄更斯那里，我们看到矛盾的引入迅速而直接，而此时离我们再次看到阿贝尔·马格维奇（Abel Magwitch）[①]，其实中间还隔着好长篇幅。我常常开玩笑说，为小朋友们编辑狄更斯作品简写本固然不错，但狄更斯值得等待——

---

① 即上文《远大前程》引文中冲着皮普断喝的恶棍。——译者注

长大了再读或许更合适。

小说开头几章的主要任务是：

● 介绍主题。

● 介绍主要人物。

● 介绍场景。

● 介绍先导前提。

即使是新手作家，也肯定知道这些任务必将贯穿作品始终，但是问题出现之频繁程度仍会令你十分惊讶。我最近在读一本学术类非虚构作品，其主要观点是学术研究不应令人望而生畏。但是作者在最后几章中推翻了整个前提——读都没读就批评并否决了一个尚未开始的学术计划。"学术研究"这个前提被基于无知的预设毁掉了，无知可以成为学术研究的主题，但它肯定不该是学术研究的基础。因此，这本书被其自设的不可解悖论削弱了。尽管在自相矛盾中能看到一丝丝幽默，但是这可不是什么好事。没人愿意让作品陷入自相矛盾，即使是挑衅性的也不例外，除非它对情节而言十分有趣或极其重要。这也引出了一个问题：这种自相矛盾是否原本便尽在作者掌握之中？这看上去似乎挺带劲儿，但是请注意：作家必须能够掌控矛盾。呈现那些无法确证的想法与观念时，务必谨慎。

情感超越技巧，这也是同样需要谨慎处理的问题。情感与技巧，二者应当携手并进。金字塔情节结构至少会让你看到下一步该往哪里去以及上一步已经走到了哪里。就算是孩子，也能轻易看穿情节里的自相矛盾。

所以，关键是要记住，设计故事前提就宛如放马驰骋：旅途多舛，但终能带你跑完整个故事。还是跟马有关的隐喻，那句老话"切莫中途换马"是真理，我有亲身体会。你要打起全副精神，让叙事顺利走下去。

想好你的故事预设前提，带它驰骋，但绝不要让它自己乱跑。注意不要说教气太重。你个人的宗教、政治、道德是非观、理论与观念，都有可能令人反感、充满冒犯，甚至完全错误，并且以上一切都能在文中找到证据。对此你一定要谨慎。在这个问题上多说一句，我怕的不是审查，而是审查员。

中　间

写完开头之后，你就进入了写作进程中最艰巨的部分。一旦你抓住了读者的兴趣，就要继续努力把兴趣留住。只有一条路可走：让故事始终充满动力。故事要不断向前发展，这依赖于以下几个要素：冲突、危机与转折。

在讨论"故事"（见前文）时，我曾说过，故事中间部分的目标是，关注因诱因事件而趋于恶化的问题，着力描写悬念/意外/对立等障碍，人物也要随之变化以应对转折、危机与冲突。我们再来看看基本情节线索表。

- 开头
- 冲突来临
- 早期成就
- 转折变化
- 收场
- 最终后果

我们已经讲过了如何处理初始章节的开头与冲突来临。现在我们要想想该怎么继续发展故事。

亚里士多德曾这样描述戏剧长度：主人公按照可然律或必然律，由逆境转入顺境，或由顺境转入逆境（在儿童文学里，由顺转逆的情况极其罕见,一般都会安排一个符合期待的幸福结局,在为较低年龄组儿童所写的作品里尤为如此)。但不要以为既然主要人物、开头与冲突都有了,小说接下来就全部围绕冲突展开即可。一本合格的小说远不止于此。它还需要描写主要人物的成长,呈现主角在矛盾冲突中情感与肉体的挣扎求生,并且这种发展不能无中生有,我们还要通过构建支线情节、塑造次要人物予以烘托支持。

支线情节非常重要。甚至可以说,支线情节让故事变得生动有趣,赋予了故事灵魂,它们往往才是故事的真正精华,而主线情节只是为讲述它们搭了一个架子而已。在此意义上,不将支线情节视作无足轻重,就成了关键问题。如果你的支线情节只是为了凑字数,那不如就不要写了。

就算你仅仅将金字塔式情节结构视作轮廓大纲,也应当尽量计划好故事中的情节事件,以便为人物发展创造条件。他/她必然会在冲突的各个阶段发生变化,而这些冲突正是要由作家你来设计的。每一种经验都应有故事前情作为支撑。人物随着故事发展而不断积累经验,只有这样,你的小说才会成为人生经验阅历的微观缩影。即使写的是奇幻题材,你的中心人物也同样需要"生长"。同时,不要被大纲所束缚,它只是个参考而已。如果你感到写作被推向了另一个方向,不妨顺其自然,试着因循变化对情节大纲做做调整。我也强烈建议各位:绝不要仅仅因为觉得某些题外话有趣,便在故事主线内外随意横跳。你一定要想清楚,除了能凑字数以外,旁逸斜出的部分能不能给作品额外添彩。把这个场景删了再读一遍,你或许会发现,其实原本就没必要加上它。

我们还是来看《拍摄乔》。开头很简单,已经基本处理完毕。我们看到了迫在眉睫的危机,但是危机其实不止一个。比如说:乔西在泳池里遇到了麻烦;不仅如此,因为玛丽的出现,乔西原本的计划也遇到了麻烦。

在讲到金字塔式情节结构的第二章里,我们应当着手发展乔西的困境。或许我们可以沿着之前说过的"失聪故事"线走下去。

乔西盯着医生。他的嘴巴像鱼似的一张一合,显得好蠢。她或许会笑出来吧。但其实也没什么可笑的。她不想待在这里,周围到处都是冲她闪闪烁烁的管子和机器。

他把光对准她的一只眼睛,搞得她头好疼。他嘴巴又开始一张一合。

她听不见他的问题,"乔西,你能听见吗?"

她听不见任何声音,除了自己的思绪。

"你好,少年"这句话在她脑海里一遍遍回荡。这是她印象里能听清的最后一句话。还是两天前的事。乔现在绝不会喜欢她了!

我们假设乔把乔西从池子里捞了上来——接下来我肯定会这么写的,而且很可能还会写到人工呼吸,我们都知道故事接下来会怎么发展。乔把她救了回来。等到她醒了,乔便叫她"少年",打了招呼。这时我们知道,乔西已经被送进了医院。主线情节有了:乔西身临险境,实现了对乔的诱惑。而当他来医院看她时,他的身份角色很可能是善良可亲的叔叔/救命恩人/英雄(乔西爸爸很可能就是这么看的——我们还记得深爱着乔乔小姑娘的爸爸吧),这也就合情合理地引出了支线情节。

这无疑是个危机,是有因有果的诱发事件。这场变故是乔西的挫折(setback),同时其实也是故事主线情节的挫折事件。而当主线情节卡住时,支线情节就可以适时出现了。乔西被带了回家,但是由于她的双耳失聪,整个生活状态都将发生改变。因此,当她努力保住自己对乔的爱意时,支线情节就演变成了另一种挣扎。当然,她打脐环这回事已经没有了。生活已经走向了全新的残酷转折。同时,乔与玛丽还有许多问题要解决。这一挫折会对乔西有什么重大影响?她有康复的机缘吗?她想要听到关于自己的一切吗?人生还值得现在的乔西眷恋吗?我们将会发现,故事最终总会破茧而出。

在金字塔情节表格中对上述事件进行归类,你会得到下表:

	第3章 **支线情节** 在医院里,乔西发现自己听不见了。人生似乎走到了尽头。事到如今,她如何还会幸福快乐?
第1章 **主线情节** 乔西与乔建立了某种微妙的友谊关系。乔决定拍摄她在泳池中的模样,乔西终于参与进了乔的电影。	第2章 **主线情节** 玛丽来了,但乔并不知道。乔西在泳池里身陷险境。乔救了她。

我希望你能看懂其中的逻辑。你需要注意故事的发展方式。值得一提的是,上述每一章都有自己的故事,这是非常可贵的。将每一章都视作一个相对独立的故事,有助于使该章故事建立起拥有开头、中间与结尾的完整结构。思考一下:

● 第一章　·开头:乔西被乔所吸引

　　　　　·中间:乔邀请乔西参与他的电影

　　　　　·结尾:乔西正被拍摄

● 第二章　·开头:乔西正被拍摄

- 中间:乔西的美梦即将破碎
- 结尾:乔西遇险
● 第三章　· 开头:乔西住院了——发现情况很糟糕
- 中间:乔西被送回家——情况似乎有所好转
- 结尾:爸爸的溺爱让乔西感到十分窒息

像这样将章节与故事分解之后,你就能够清楚地看到"已经写下"与"即将要写"部分之间的关联了。虽然看上去有点程式化,但我敢保证用起来并非如此。你仍然要写出故事,要将创意融入技巧,这时你的创造性技巧就进入游戏之地了——游戏是这里的关键词。还记得弗洛伊德的游戏理论吧(参见上文)。在这里,你的任务就是把游戏创造力整合为能让儿童读者顺畅理解的文学结构。这也是最重要的。你本人或许能跟得上詹姆斯·乔伊斯(James Joyce)《尤利西斯》(Ulysses)中的意识流,但你的普通儿童读者(以及你的普通成人读者)渴望秩序与结构。你只需看看报纸,就能明白什么叫作"秩序"①。若非如此,那这些报纸间的差异八成要比现在大得多。毕竟它们之间可是实打实的竞争关系。

　　在本部分结束时,我要重申的是,以我们所讲的这种方式勾勒出故事轮廓,其目的是让你借此把握情节发展与人物成长进程。每一章节的故事梗概,或长或短,都尽在你的掌握之中。要知道,它们只是参考、草图与备忘卡片,是帮助你完成最终故事的辅助手段。故事中的纠缠、奇想与妙处,全都仰赖于你。能够聚沙成塔的人,是你,也只有你——因为它是你的故事。只有你,才能让它鲜活有趣、引人入胜。一定记住:你必须要让它鲜活有趣、引人入胜。

---

　　① 原文 ordered 一语双关,既指排列秩序,又有订购之意;所以下文会打趣报纸间有竞争关系。——译者注

非如此不可!

你还应记住,支线情节对故事而言有多么重要。支线情节并非无足轻重,它应当更好地烘托出主要人物的成长,并协助推动故事情节发展。确保你的支线情节结构完整,包含开头、中间与结尾。否则,它会如多余的线头般松松垮垮,而这是任何一个敬业的裁缝都绝不会允许发生的。完成作品之前,一定要把这最后一针牢牢缝紧。

我们已经用金字塔结构中的1~3章为故事敲下了设定,现在你可以顺顺当当地往故事的中间部分推进了。接下来的情节结构参见下图:

第5章	第7章
支线情节	**支线情节/主线情节**
医生们很困惑:她没有理由听不见啊。爸爸、蕾切尔、阿米娜都试图给她打气。然而全是白费。她只想回家,回家就能再见到乔了。后来她偷听到了玛丽的话。是的,她又能听见了!但是她暂时还不想承认这一点——她还没享受够成为众人关心焦点的滋味。	乔西差点把自己重获听力给说漏嘴。保密并不容易,但她要等到弄清楚玛丽的情况之后,才能公布秘密。她又堵住了玛丽与和夫。这次更奇怪了。支线情节与主线情节在这里交织缠绕。乔西利用自己(假装)的耳聋,大有收获。
第4章	第6章
主线情节	**主线情节**
乔西拒绝见乔。她没法与人交谈,也不希望被他可怜。在某次去做检查的路上,她碰见了玛丽与和夫。同时,乔来看她了,两人开怀大笑。	乔西决定以后要对玛丽多留心,而且她也很庆幸自己这样做了。玛丽与和夫看上去有点过分亲热了,他们俩之间肯定有点儿情况。乔西在意的只有乔的感受。每天与乔一起开怀欢笑真的很快乐,因此,她一直犹豫着不想告诉大家自己的听力已经恢复了。

情节走向稍稍复杂起来了。在支线情节中,爸爸、阿米娜、蕾

切尔和乔都非常担忧乔西的失聪。而乔西享受着乔的关切,觉得可以多伪装一段时间,让乔常来探望。这条线后来引出了乔西发现玛丽轻浮移情的桥段。因此,乔西决定继续装聋,以打探事情真相。这就是所谓的红鲱鱼①吗?

从上表可见,我把乔西带进了一场小小的神秘谜团。我制造了冲突与危机,而乔西必须要适应并处理好新变。当我们一起走到故事结尾,"啊哈"时刻所揭穿的真相,便是作品成败的关键所在。真相是否太容易猜到、太愚蠢、太不可置信,是否真有什么深刻重要之事值得揭示给读者?

既然故事一直吸引着你,拿捏着你的兴趣点,让你愿意读下去,那么唯一避免令读者感觉烂尾的方式,就是给故事设计一个出色的结尾。这是读者应得的:一个出乎意料、精彩反转、令人震惊、扣人心弦、简洁又奇妙的精彩结局。并不是写下"结尾"两个字就足够了。结尾不该草草结束。"从此以后他们幸福快乐地生活在一起"固然老套,但至少给以后的故事留下了一点想象空间;而像《简·爱》这样的结尾,"读者,我嫁给了他",读者看了会感到心满意足吗?这样强行结束故事,我们怎么能不替简悻悻不平?

下面就让我们来看看结尾——书中最重要的部分——该怎么写。

结 尾

结局开始了,这在某种程度上或许才是故事的本体吧。其他一切种种都只不过是先导、前戏、开场与设定而已。但是最大的问

---

① red herring,英文习语,字面意为红鲱鱼,引申为转移注意力的次要事件,掩人耳目的障眼之物。——译者注

题也出现了:你准备好写结尾了吗? 你当真知道结局是什么吗?你确定要在此时此处结束故事吗? 我知道有些小说家会先把结尾写好,或者说在想好如何讲述故事前就已设计好了结尾。笑话往往就是这么写出来的。你想好了一个搞笑包袱,随便找个喜欢的故事讲出来就行了,因为真正重要的是包袱本身。同样的情形也会发生在故事创作中,无论你写的是长篇小说、电影还是其他什么:结局决定过程。但即使现在,也还是有一些人会勇于向查尔斯·狄更斯看齐。他的《远大前程》,全书尚未完成,前面的章节就已经以连载的方式见诸报端了。这就是我所谓的"按期赶稿"(writing to a deadline)。当然,这又是另一个问题了。为何要把结尾与截稿日期联系起来? 因为这就是人物在叙事渐至高潮的巨大压力下尖叫与奋进的时刻,这就是一劳永逸解决核心冲突的关键时刻,这就是你要反复掂量思索之事。你怎么才能让结尾在高潮临界点上尖叫与奋进?

在思考故事如何结尾时,你需要重温一遍故事的前提设定。这个故事要传达什么? 它要带给读者什么样的讯息? 结尾不应与前提设定相悖。故事中有你想传达的讯息吗? 如果有,不妨单刀直入。

啊哈!

故事走向结局意味着抵达了"啊哈"时刻。此时,故事中的所有元素都开始汇聚,显露出因果联系;此时,读者会看到结局近在眼前。亚里士多德曾以他奇特的矛盾修辞法说过:结尾应当既"不可逃避又不可预料"。这二者怎么才能两全呢? 答案很简单。不可逃避——害羞的小伙子鼓起勇气说话了,"大脑袋"得到了她应有的惩罚,陌生人不再陌生,鬼魂也根本不是什么鬼魂(真的吗?)——就是小说高潮来临之际终将发生之事,但发生的方式必须是不可预料的。在我与朱迪·威特(Judy Waite)合著的《犯规》(*Foul Play*)中,小说的前提设定是霸凌行为以及校园困局变化。不出所料,霸凌者被揭穿,人人皆知;揭露的方式却是出人意料的。霸凌者受到怀疑,之后又被指控为求获胜而操纵球赛。他声称自己是无辜的,是个按规则比赛的运动员。随着小说发展,我们逐渐发现,操纵比赛者其实是被他霸凌的同学。后者之所以操纵比赛,只是因为希望能少受点欺负。最后,霸凌者被迫承认了自己行为的巨大不良影响。由于他是个橄榄球运动员,因此他的霸凌行为被揭露为"犯规"。不可预料性,需要我们设定一个可能出现的结果,然后将意料之中与不可避免之事置于怀疑之中,延宕不可避免之事,直到万事俱备再将其揭示出来。阿加莎·克里斯蒂(Agatha Christie)的作品就是很好的范例。谋杀案不可避免地要被破获,但谁犯下了罪行一定要出乎读者预料。

让我们再次回到乔西和乔的故事,看看金字塔式情节结构的最后部分应该如何下笔。

第 8 章 **啊哈!** 乔西靠着装聋进入了最大机会位置①。但是她听到的是真相吗?是不是还发生了一些别的事情?这个故事设定带着我们走到边缘,并将我们一把推了过去。	第 9 章 **后果!** 乔西感觉自己还是个孩子,甚至都没有办法不喜欢玛丽。她知道她对乔有多好,她也自觉有点傻。你别忘了,她认为和夫长得也不错。一切顺利,结局圆满。

---

① PoMo,position of maximum opportunity,足球理论术语,由英国足球理论家查尔斯·休斯(Charles Hughes)提出,意为最大机会位置。这个位置在足球场后门柱与小禁区线之间的一个狭小空间,头球抢点后球有很大概率飞向该区域,前锋球员会提前跑到 PoMo 守候,以便把握机会进球。此处形容乔西找到了一个绝佳机会来接近玛丽的秘密,以便与乔发展更加亲密的关系。——译者注

发生什么事了？乔西靠着装聋的小诡计进入了故事高潮，这样情敌玛丽在她面前就会不再设防了（好吧，确实有点老套——我只是以此举个例子）。试试往下写：

乔西在公园门口蹲到了他们。她竭力保持距离，但这可比想象中难多了。藏到路灯背后，只会让她看起来更加可疑。她靠近了一点，听到了他们的谈话。她看见玛丽笑着拉拉和夫胳膊："看，那个就是总缠着乔的小孩。可怜的孩子。"

"嘘！她会听到的！"

"别傻了，"玛丽说，"她聋了。乔只是怜悯她罢了。"

"好吧，就算是吧。没做好准备之前，我还不想公开。"和夫看上去很不安。"他不能在这儿见到我。暂时还不行。等他拍完电影再说吧，就像咱们之前商量的那样。"

"我知道，但是我简直等不及告诉他了，你呢？"玛丽又冲着和夫微笑。

劈腿精，乔西心里骂道。她开始琢磨怎么才好告诉乔他女朋友的不忠行径。

这里故事有了背景设定。乔西拿到了证据：玛丽劈腿欺骗了乔（她怎能这样？）。不可避免之事马上要来临了。乔西会告诉乔真相；她必须这么做。如果乔能得知真相，她的机会也就有了。完美。乔当然会伤心，但是等到乔西取代玛丽在他心中的位置时，他自然就会好起来的。

所以该怎么写？

"肯定是感染了病毒，"医生说。"不管是什么原因吧，反正现在痊愈了。乔西听力没有任何问题。"医生拔掉了听力测试器,把它放在一边。

"谢天谢地啊,乔乔!"爸爸说。

乔西不介意被叫成乔乔了。大家为她的好转欢欣雀跃,这让她很受用。连乔都来拥抱她了。一直伪装实在是太累了,但她挺过来了。唯一的问题是她该如何把玛丽的事告诉乔……

后来乔西终于找到了机会单独跟乔说话。"乔,昨天,我好像恢复听力了,然后我就听到了玛丽在跟别人聊天。"

"哦,是吗,跟谁啊?"

乔西嗫嚅不安:"别的男孩。"

乔笑了:"男孩吗?那我可得多加小心了,是不是?"

乔西也勉强冲他挤出一个笑脸。就在这时,玛丽进来了。

"你跟别人干吗了?背着我偷偷约会了吧?"乔起初还是半开着玩笑,直到他发现玛丽反应不对了。

抓个现行,乔西心说,忍着没叫出来。

"玛丽?究竟怎么回事?"乔问道。

早点抽身吧,乔西想着,仍然没做声。

玛丽死盯着乔西,然后又看着乔:"我早就想告诉你……"

"告诉我什么?"乔问她。

"她有别人了!"乔西憋不住了。"她是个劈腿精,她多少年前就该告诉你了。他陪她从杜伦过来的,他们一直都在私会!"

乔整个呆住了:"玛丽?"

水落石出。一切不轨行为全都见光了。乔西大获全胜,玛丽已成过去,故事真正开始了。

　　玛丽既惊且慌:"不是你想的那样啊。"

　　"我不知道该怎么想,"乔说,"我是说,我还能怎么想?究竟发生什么了啊,玛尔?"

　　乔西被乔对玛丽的昵称尴尬到了。

　　"本来是个惊喜,"玛丽叹口气,"只是我们想等你拍完电影再说的。你早都已经被这小丫头搞昏头了。"玛丽冲乔西这边扬了下头:"而且,我们知道你必须要赶在截止期限前拍完最后一场。"

　　乔冲她耸耸肩:"我们?谁是我们?"

　　"我跟和夫!"

　　乔又呆住了,然后突然爆发出一阵大笑:"和夫!"他大叫起来:"你说小和也来了,来布莱顿了?"

　　"对。"

　　"这也太开心了,我以为他得下个月才能回来呢。"

　　玛丽苦笑道:"他们提前结束了,所以他就立马飞回来了。"

　　"太开心了啊。"乔笑着,"他能帮我做剪辑了。他在哪儿呢?哦,玛丽,你应该早点告诉我的。"乔的笑容如月光一样明朗。

　　乔西的脸色则如西红柿一样鲜亮。她虽然不明所以,但她知道自己的计划完蛋了。

　　玛丽也笑起来:"他非要我等到你有时间再说。你了解他的为人:电影第一,其他一切都得在后面等着。"

　　"等着?我可等不了了。快点,"乔说,"咱们一起去找他吧。"他望向乔西:"再见吧,小丫头。"

乔西看着乔和玛丽双双走了。她觉得自己就是个大傻子。

但是乔特意回头冲她挤挤眼。"和夫是我的铁哥们儿。他去年一直都在阿拉斯加拍纪录片。我好像多少年都没见过他了。"

"哦!"乔和玛丽刚把门关上,乔西喊出来了。

门关上时,我们也迎来了情节高潮,将故事扭转到了与之前期待完全不同的方向。果真如此吗?和夫和玛丽的关系仍然有点暧昧。以这样的方式关上门,允许我们尽情展现苦涩,直到最终迎来结局,解决一切问题。

当然,《拍摄乔》的最终呈现或许会完全偏离我最初的构想。毕竟,它只是任我随意把玩的思路剪贴本。游戏,弗洛伊德会这样说。谁知道呢?但我故意将它简化了,这样你就可以通过开头、中间与结尾,清晰地看到情节的次第展开。那么终极后果又将如何呢?好,乔西觉得自己有点傻。她搞错了,她的胡思乱想把事情搅得乱七八糟。乔原谅了她,因为她的所作所为都是为他好。玛丽只觉得这事可笑:毕竟,乔西还只是个孩子。还有别忘了,和夫长得还挺帅。乔西又开始对他动心了……难道她还没受够教训吗?

最后再说几句。金字塔情节结构允许你随心所欲地加高加宽,但它并非万能灵药。它仅仅是个工作模板。尽管如此,你可以找个最简单的故事来试试手,或者拿别人的作品来做做实验。你会发现,比如说,就算是《小熊睡不着》(*Can't You Sleep Little Bear*,Martin Waddell and Barbara Firth,1988)这样的绘本,也能与金字塔结构契合良好。与其说它是章节结构,不如把它看作故事发展的阶段性描述。当然,《小熊睡不着》这样的绘本有着对比鲜明的主线情节与支线情节。

		啊哈！6 答案		
	支线情节 2 大熊想看书	支线情节 4 大熊想看书		
主线情节 1 小熊睡不着	主线情节 3 小熊睡不着	主线情节 5 小熊睡不着	结尾 7 "啊！"的要素	

　　主线情节:小熊睡不着,而天已经黑透了。支线情节:大熊想看书。结局是大熊、小熊各得所愿。保持耐心与细心,简单情节配上大故事,也可以扩展成为你所能写出的最有格局的作品。

　　使用下面的模板,你可以轻而易举地编出一个故事,把它们填进空白表格,标好章节编号。然后写下每章情节梗概,在动笔之前,想清楚每章每格究竟要讲什么。这个模板有 20 章/场,但是当然了,它可以按需扩容或缩减。记住,这不是福音书,而只不过是帮你厘清写作思路的模板而已。我向你保证,这个模板已经一次次证明了它的出色效用。

			啊哈！			
		诱因事件	收束事件			
	次要情节 （Minor plot）					
	支线情节					
主线情节						结局

　　诱因事件与收束事件都可以由你随心选择(参见"故事"小节中的写作计划),但诱因事件一般来得比较突然,而收束事件则常

出现在故事情节合拢的"啊哈"时刻之前。这两种事件之所以与引领故事走向结局的"啊哈"时刻一起被放在金字塔结构顶端,是为了强调其重要性,而并非是由于它们处于故事的中间阶段。收束事件与"啊哈"时刻一般出现在故事的结局部分。

这个计划相当松散。在写作中,种种事件会彼此纠结缠绕、冲突碰撞。但是你会看到它们之间的区别分隔,并知道如何有效地构建起故事轮廓。它能帮助你看清故事的生长过程,明确故事的发展节奏。正如罗伯特·麦基所言,所谓结构,就是我们从主人公生活故事中选取片段,并将它们撮合成一个完整的事件序列,以激发特殊的情感体验,表达作家特有的人生观念。通过这个情节模板,你可以逐章搜罗汇集合适的故事素材,以便建构起你想讲述的故事。比如:

• **主线情节** 这是故事的主体部分。你的人物从此而来,向此而去。例如在《拍摄乔》中,主线情节就是乔西对乔的爱慕。

• **支线情节** 可以是人物生活中发生的其他事件。在《拍摄乔》中,支线情节可以是他们正在拍摄的电影、乔西跟爸爸的矛盾,以及乔西的失聪,假如我们保留失聪情节的话。一般而言,它既能补充,也能阻碍主线情节的发展(生活总能得手)。

• **次要情节** 乔西和乔的生活都小有波折。乔西的母亲不在了(去世了?),她父亲有点应付不过来。还有,乔心里记挂的是玛丽。加上诱因与收束事件、"啊哈"要素以及最终结局,我们就有了一个讲述《拍摄乔》故事的不错的结构。

但是不要迷信我的话。试着写写你自己的故事。

当然了,在建构情节时,你还需要花心思琢磨情感、事件、冲突、行动、玩笑、摩擦、梦想、探索、情绪、意象、谐谑以及逼真的对话与人物性格,正是以上种种构成了你的故事。并且,假如某一个部分没能起到应有的作用,如同墙里一块不稳的砖头,那么不妨直接把它抽出来换掉。比如说菲利普·普尔曼,他会把故事情节写在那种小小的黄色便利贴上,再把它们全部粘到一张大纸上。[①] 他会来回折腾便利贴的位置,寻找故事的最佳进展方式,然后再动笔把它们一个接一个地写出来。这与我上面讲的情节建构方式异曲同工。哪种方法好用就用哪种。等写下一本小说时,我准备试试把便利贴法应用到金字塔情节结构里。只要我愿意,随时可以把这些便利贴撕撕粘粘。

对　话

对话在儿童文学中极为重要。最近有位出版人找我约稿,她一语道破天机:"对话举足轻重!"

你或许觉得写对话很简单。毕竟,谁都会说话。那么为何对话常会被视为削弱作品质感的主要因素呢?这或许是因为许多新手作家并未意识到,文学对话并非日常闲谈。让我们面对现实吧,日常生活大部分时候都没什么意思。

> "天儿可太差了。"
>
> "可不!"
>
> "这雨好像永远都停不了了。"
>
> "这车好像永远都等不着了。"
>
> "越来越差了。"
>
> "是啊。我昨天等了 20 分钟。"

---

① 参见卡特书(Carter, ed. 1999:184)中普尔曼相关内容。

"雨，我说的是下雨。"

"我怪的是政府。"

"天儿怎么样他们说了也不算啊。"

"不是，但至少下雨天得让咱们等得到车吧？"

好，我没忍住拿日常对话编了个段子出来。听听这段对话，你会感到它都不值得我们逐字复述。你可以自己随便录一段听听。里面充满了打岔、停顿、没话找话、半截子话、重复、错位，而且还要根据不同的说话者，来搭上"前言后语"。

"埃切菲钦那边儿怎么样？"

"还行吧，你爸昨天去看她了。"

"他不该开车去。"

"也不算太糟吧。铺砂机都出动了。"

"我说的不是这个……"

"是，也没人告诉他。"

"不是啊！总是这样……"

"他带了电热毯。以防万一……"

"食品包裹怎么样？"

"她没在社保那儿领到多少钱。"

"那你给她寄钱了？她完全有劳动能力啊，你知道的。"

"嘿，你肯定猜不着我昨天看见谁了。你还记得……"

"你在转移话题。"

"哎呀……"

你看，这番对话可以没完没了地说下去，直到你选择停止。它没有结局。日常对话让我们变得亲近，保持人情联络，却很少透露出我们之间关系的实质。它也不会推动情节向前发展，除非你知道"我"（第一人称叙述者）正在跟（小说中的）"母亲"说话，而那个埃切菲钦的"她"是（小说中）"我"的废柴姐姐。

如果你不想让听故事的孩子们感到无聊至极，那么就该好好想想对话在故事中的作用。

对话不是简单的闲谈。它是带有很强目的性的文学创作手法。它的意义在于赋予人物性格魅力、迷人气质、脾气秉性、情绪感受、奇思妙想与生命力。如果我把这个埃切菲钦故事写成文学作品，那么它将会如此呈现（你来猜猜我用了什么视角）：

> 天啊，她一定正坐在电话边上。"嗨！"
>
> "哦，嗨！一切都好吧？"
>
> 如果每次打电话她都这样想的话，我真该多给她打打电话。"是不是只有不好时我才能给我妈打电话啊？"
>
> "哪有啊，我就是问问，没别的。"
>
> 我妈就是这样。她一辈子都在担惊受怕。就算没什么可担心的，她也要编出个担心事来。"我只是觉得应该给你打个电话，问问埃切菲钦怎么样了。"
>
> "哦，你知道的，还是老样子。"
>
> 我当然知道。我的废柴姐姐又开始胡闹混世了，老爸老妈年纪大了，更管不了她了。
>
> "你爸昨天去了。"
>
> "他不该开车去。"
>
> "还好。铺砂机都出动了。"
>
> "我说的不是这个，你也知道。"他手术之后本该静心休养

的。然而穆克夫人需要帮忙，哪个还能有空休养？"她究竟怎么样了？她当初结婚时就知道他工作特忙。他根本就没法朝九晚五，不是吗？守灯塔哪有什么朝九晚五。"

"唉，我明白，但是她一个人太孤单了。"

"别管她了。你怎么样？还能应付吧。"

"哦，我啊，我挺好的。"

她当然挺好了。她总挺好。就算得肠癌时，她都挺好的。就好像她不会说别的话一样！不这样说就不是她了。"这周末我大概会回家。只要不出麻烦，就一定回去。"

"麻烦，你哪里会有什么麻烦。要是能看见你可真太好了。你飞回来吗？爸爸去机场接你……"

我摇摇头。所幸，她看不到我摇头。

你看，我给了对话一个语境，让你可以在家庭背景中进行理解：

- 生活在别处的儿子
- 搞不定自己生活的姐姐
- 本该静心休养的父亲
- 工作忙碌的灯塔看守员姐夫
- 对生活种种照单全收的母亲

一切都是寻常之事，但是至少最初那一段对话变得有血有肉了。所有原料都齐了，然而还是相当乏味。让我们面对现实，别人的家务事很难提起读者兴趣，除非这些全是为后文的大事做铺垫。我们不得不承认，这样的闲聊必须能够导向某种重大事件，否则便毫无意义。好，苏格兰旅行计划或许能派上用场，但很快我们就会发现，删掉关于家庭事务的大段对话，它其实可以写得更简洁：

寇姆(Colm)走进航站楼,在手机上拨出号码,等待接通。

"嗨,是我!"

"哦,嗨。这是什么声音? 你在哪里?"

"在机场。半小时后飞爱丁堡。"

"那你准备回家吗?"

"是这么想的。找机会回家一趟。"

"那可太好了。我让你爸去接你。"

"不,他不应该开车。我打车回去。过几个小时见。"

"那好吧。"

"拜拜。"没有一点迟疑,寇姆挂断了电话,把手机塞进上衣口袋。他很期待再见家人。而且,他有话要跟姐姐谈。

现在对话围绕着去"其他"地方的旅行展开,而用不着提及那些无聊乏味的琐事。这时我们会发现:

- 寇姆在机场
- 他要回家
- 他母亲对此很开心
- 他父亲不该开车
- 他有事要跟姐姐谈

即便是这样的过渡性对话也务必处理精准。正如我们看到的,虽然篇幅很短,但是故事在向前大步推进。

以我的经验而论,孩子们热爱阅读对话。他们喜欢对话以一种散文式的、口语化的方式在脑海中展开。但是你仍然需要大刀阔斧砍掉那些废话,因为它们真的很平淡。尽管如此,平淡信息在情节发展中有时也可以很有用,但一定要处理得带点趣味。还是以《拍摄乔》为例,我们来想想乔西与她的两个朋友——阿米娜和蕾切尔——之间会发生什么样的对话。这里还有一个值得更加深入思考的问题：如何通过引入第三人——而非仅仅双人双向对话——来展现潜在的冲突、幽默、张力以及其他可能性，因为这样的设计能够给两人合伙对抗第三人留出可能空间。当然了，三人对话也可能从幽默喜剧一路走向悲剧。罗密欧与朱丽叶，奥赛罗与苔丝狄蒙娜，如果没有第三人施加的影响，他们原本能快快乐乐过完一生。

　　乔西面无表情地看着阿米娜和蕾切尔。假装听不见，这事比她想象得难太多了。

　　阿米娜做了个鬼脸，对蕾切尔说："这也太搞笑了，乔西听不见咱们说什么，但她可比以前有意思多了，是不是？"

　　"那是因为咱们在她面前可以想说什么就说什么啊，"蕾切尔说，"我是说，她以前那暴脾气可是点火就着。"

　　"你们在说什么？"乔西问道。

　　"来，我给你写写。"蕾切尔回答，明知这就是浪费时间而已。她在乔西的本子上写道：**我说，没法给你讲笑话了，这也太不开心了。**

　　乔西冲着蕾切尔皱皱眉，似乎在说可不是嘛。但是她没说出口。

　　然后阿米娜接过铅笔，写道：**我在说我好想你。**

　　乔西想冲她们大喊大叫，但是她知道最好忍下来。不能泄露秘密。现在还不到时候。

　　阿米娜咯咯笑："傻玩意儿！"

　　蕾切尔也笑起来："傻都说轻了。假如她自以为乔会爱上她，那她可真就是缺心眼儿了。"

"但他确实帅啊,"阿米娜补了一句,"我的意思是,你得承认他帅吧。"

乔西意味深长地看了她一眼。

阿米娜又拿起本子,写道:**我们在讨论你会不会转去别的学校。**

"我可不是昨天才出生的小宝宝,"乔西回答,"你肯定觉得我……"她差点说漏嘴:"你肯定觉得我眼瞎了。我看到你嘴唇动作了,你肯定在说'缺心眼儿'(prat)。"

阿米娜咯咯笑,又写:**没有啊,我说的是"有可能"**(perhaps)。**你看错了。**

"哦,对啊,"乔西让步了,"那个,我现在有点累了,要不你们俩先走吧?"她一点儿也不累,但是硬装听不见确实容易精神紧张。再被阿米娜挖苦几句,她可就要忍不了了。况且,她也打算去侦查下玛丽。肯定有鬼,乔西一定要把真相查出来。

"走吧,蕾切尔,"阿米娜说,"咱们赶紧给小傻蛋留点清静吧。"

蕾切尔咯咯笑,又转过来微笑面对乔西:"再见,傻笨笨!"

乔西也笑道:"拜拜!"她的秘密安然无恙,但是她紧咬着嘴唇。你们俩给我等着,她心里发狠,看着她们走出门去。

在这段乔西佯装失聪的对话中,我们运用了一点点反讽,将乔西推到冲突现场来考验她的决心。当然,其中所混杂的些许玩笑,让我们看到孩子们的刻薄残忍,也看到了阿米娜与蕾切尔的另一面。换句话说,这场对话关乎人物塑造;与此同时,它也推动着情节向前发展。乔西需要支开她们,以便保住秘密。为什么呢?因为她要去侦查玛丽的情况,装聋有助于她偷听到轻浮的对话;这也正是故事的情节转折点。我也为一条较小的支线情节留了豁口：时机成熟时，她要报复阿米娜和蕾切尔（此处可以写个便签备忘："别忘了找个恰当的时机把口子封上"）。

在这个场景中，重要的是阿米娜与蕾切尔有效利用对话/三角关系的方式。将第三人引入对话，能够为潜在的变化打开空间。试试这个：安排两个人对话，然后引入敲门声、电话响铃、电台广播、小弟弟闯进房间、妈妈打断对话。这会即刻引发变化，而变化正是推动故事前进的必需品。第三个声音同样也可以传达共鸣、同情、支持、反对、结盟联合、结盟对峙等各种态度。这是因为两人对话一般而言会更加具有私密感。A 对 B 说，B 对 A 说，循环反复。引入另一个声音 C，则不仅仅是两人变三人，而且能将第三个变量引入双边关系等式，使得选项一变而为六种。参见下图。

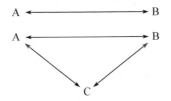

可以说，我们有很大的潜在空间去开展对话、拓宽主题、描述事件。但是，尽管如此，一旦对话超过三人，就会开始变得杂乱拥挤：人物们会被晾到一旁轮不到发言，或者说总有一人会被彻底边缘化。虽然这种混乱状态也可能取得良好效果，但一般而言，最好还是围绕三个声音写对话。

还需要思考的是，对话、心理活动与主体性间的关系。外在与内在间的矛盾与悖论应当得到妥善解决。外在的，乔西记挂的或许是乔（也是内在的），但也在思念她去世的母亲，这一点尚未细说。因此，情感的、道德的冲突需要在故事结尾作为戏剧性情节的一部分得到解决。当然,除非你写的是《李尔王》,李尔正在慢慢走向疯癫(用不着反复提及这一点)。比如说,如果乔西外在的言谈举止与内在情感相互矛盾,那么最好在故事结束前尽量调和二者。她与父亲的冲突关系也当如是处理。

标点问题也需要特别注意。虽然并没有什么特别铁板钉钉的硬性规定(只是,新的说话者出场时,切记一定要另起一段),但我仍要强调几个比较重要的点。

一般而言,引入说话者时,句子前面要有个逗号。

● 示例一　阿米娜偷笑,冲乔西点点头,"下次见(See you around)……"

对话以大写字母(See)开头,但是这并不是一个新句子,而是前文"对话"的一部分:"冲乔西点点头"指出了对话的方向。话是对乔西说的。另一种写法是直接以对话开头,并在直接引语之后继续书写叙述性语句:

● 示例二　"下次见,"阿米娜说,点点头。她转身走了……

阿米娜若无其事地把话一带而过。也可以在直接引语后面直接写出完整的叙述性语句来改变表达效果:

● 示例三　"你知道,乔西。我真是不喜欢你!"阿米娜转身就走。

这里我们可以看到标点符号所强调的重点:短促、尖锐、精准。另一种表现方式是对完整句子进行拆分:

● 示例四　"你知道,乔西,"阿米娜说,"我真是不喜欢你!"

"乔西"与"阿米娜"后面的逗号,帮助我们塑造出了句子中的停顿与真实感,但是它重点有些模糊,而防御性则较强。示例三中那句"不喜欢你",阿米娜听起来十分愤怒;示例四中的她展现出的更多是伤心或失落,甚至有点哀怨。也可以使用句号或问号来写这段话：

● 示例五　"我不喜欢你，乔西，"阿米娜说。"我的意思是，我凭什么喜欢你？"

● 示例六　"我凭什么喜欢你，乔西？"阿米娜喊道。"你说我凭什么？"

逗号、句号、问号与感叹号，使用得当，能让对话从纸上二元世界跃然而起，充满生命力。一个耸肩配上一席对话，往往比费尽口舌的解释更能让人身临其境。

安德鲁冲着编辑耸耸肩。"你觉得他们拿得到吗，安娜？"安娜对作者莞尔一笑。一切尽在不言中。

一些重要的对话写作技巧

● 从以上几个示例可知，最好不要说得过于确切。阿米娜与蕾切尔之间的交流本身即已足够，无需再去掰开揉碎地解释了。比如说：

阿米娜咯咯笑："傻玩意儿！"

蕾切尔也笑起来："傻都说轻了。假如她自以为乔会爱上她，那她可真就是缺心眼儿了。"

"但他确实帅啊，"阿米娜补了一句，"我的意思是，你得承认他帅吧。"

● 对话尽量简洁精炼。你写的又不是哈姆雷特的独白。

● 不要把关键信息埋到对话中途。要么以它开始，要么以它结束:"但他确实帅啊,"阿米娜补了一句。

● 明白易懂。听听孩子们聊天:他们思考神创论的神学内涵时,可不会去假设宇宙大爆炸理论的热核后果问题。

● 避免重复,除非有意为之,比如幽默段子(一定要确保重复之处足够滑稽可笑):

> "但他确实帅啊,"阿米娜补了一句。
>
> "对,确实帅,"蕾切尔回她。
>
> "太对了,"阿米娜说。
>
> "是,太对了,"蕾切尔说。

这哪里好笑了? 但它肯定是重复了。

● 避免陈词滥调(避之如瘟疫)。

● 避免省略号……

> "你是说……"
>
> "对,我是说……"
>
> "天啊,谁会那么想啊,你知道……"
>
> "啊,走着看吧。"
>
> "难道它不就是……我的意思是……"

对话中充满了停顿和期待,但是你要想清楚,加这么多省略号,读者究竟能从其中得到多少信息。这种写法偶尔或许也能奏效吧……但是不要在页面上乱画点点啊……

● 说话者变化时,一定要另起一段。这看上去显而易见,但你一定会惊讶于居然有那么多稿子都不是这样操作的。

● 大声读出来，对话听上去顺畅吗？如若不然，那就是没写好。

● 说话的人物之间有互动吗？他们能在互动中推进情节发展吗？他们应该能！

● 慎用俚语、熟语、流行语、青少年口语和脏话，它们容易给对话留下时代烙印。当年我还在看漫画时，"酷，老爹"这些词就已经不怎么潮了。虽然"酷"现在听着也还算可以吧。而脏话，则涉及年龄和合适与否的问题。有时候你不得不骂一句"狗屎"（shit）——当你手指被锤子砸到，却只能骂一句"太妃糖"时，你就明白脏话在作品中有时也是必须存在的。如果使用得当，它是能给作品增色的。俚语也是个大问题。它们会给文本牢牢打上时代印痕，而口语对话又必须紧跟现实："懂我意思，哥们儿，我的老天鸭（love a duck），放下苹果，跟咱老笛子配个对吧。"关键是想清楚你要说什么，以及如何以最好的方式把它说出来。所谓最好的方式，就是为你想说的话找到合适的味道与质感，既不高高在上，也不误入歧途。

● 不要高高在上，我亲爱的孩子。

● 重视性别问题。男孩和女孩固然不同，但是也应避免落入"糖果与辣椒/蛞蝓与蜗牛"的窠臼。

● 谨慎对待年龄。不要低估读者的智商。我儿子上幼儿园的时候，有位家长捡起他的玩具，说："拿着你的小恐龙（dinosaur）吧。"

"这不是普通恐龙，"丹尼尔（Daniel）回答说，"是优头甲龙（Euplacephalus）啊。"他当时才三岁。

● 种族与阶级也应慎重。

● 谨防地方方言运用不当。除非你特别有把握，否则不如不用。想想《魔法保姆》（*Mary Poppins*）中的迪克·凡·戴克（Dick

Van Dyke)！尽量把握各地方言之间的微妙差异，不要把它们一股脑儿全瞎塞到作品里。

● 最后，有些时刻，无声胜有声。通过下面的示例我们可以看到，乔西草草嘟囔的"拜拜"，与故事最初的设定并不契合。但是，这为后文有效地留下了悬而未决的豁口。

　　"走吧，蕾切尔，"阿米娜说，"咱们赶紧给小傻蛋留点清静吧。"

　　蕾切尔咯咯笑，又转过来微笑面对乔西："再见，傻笨笨！"

　　乔西也笑道："拜拜！"她的秘密安然无恙，但是她紧咬着嘴唇。你们俩给我等着，她心里发狠，看着她们走出门去。

对话里不用一直标出"她说""我说""然后他说""我们又说"等提示语。你可以写得更加精炼简洁，但也用不着惧怕写"说"这个字。它深深沉浸在我们的阅读习惯里，大部分时候我们甚至都注意不到它的存在了。你也可以多变几个花样：想想你要说什么，然后想想你自己会怎么说。

有很多方法来指示说话者的身份，只要能让读者看懂，你都可以试试看。比如这段对话：

　　"嗨，赛杜（Saidhu）！"

　　"嘿，丹尼（Danny），你还好吗？"

　　丹尼皱皱眉。他本想说还好，但这又不是真话。

　　"你没事吧，丹？你气色不太好啊。"

　　"没事，赛。只是有点闹心事儿，没什么。"

　　赛杜笑了，耸耸肩。"要我帮忙吗，兄弟？"

　　"谁也都不了他，"苏西（Suzie）贴着赛杜耳语。"我就是他的闹心事儿。"

在这段对话中，一个"他说"都没有，直到最后为了点出苏西（也是点明冲突）才用了类似的表达，但是你依旧可以清清楚楚地区分说话人的身份。这才是关键问题。如果读者感到分不清谁在说话，那一定是你的写法出了问题（除非混乱本身源自情节需要）。下面我们再来看看三角对话中如何进行视角转换。

　　"一切都将明朗，"他说。

　　安德鲁说："一切都将明朗。"

　　"明朗可见，"安德鲁说。

　　"明朗吗？"安德鲁问。

　　"当然，"安德鲁回答。

　　"你又在自言自语吗？"安娜问道。

　　"他一直都那样，"他的孩子们插嘴道。

　　安娜摇摇头："幸好我只是他的编辑而已。"

散　文

　　关于散文，我不想多谈，因为它是个见仁见智的问题。但是我们仍然会问，散文究竟是什么？我的字典如此下定义："以日常语言形式展现的口语或书面语，与诗歌相区别，没有明确的韵律结构。"但我并不同意。正如 W. H. 奥登（W. H. Auden）①所说："韵文与散文间的区别不言自明，但是想要对诗与散文的异同进行准确界定，这无疑是白费功夫。"（奥登 1963:23）。我觉得大卫·洛奇对这句话的理解相当准确："虚构性散文的黄金法则就是没有黄金法则——作家们自创的法则除外。"（洛奇 1990:94）

伊塔洛·卡尔维诺曾将他的创作准则界定为"精确"（exactitude）：

> 在古埃及，精确是由羽毛来作为象征的，它是称量人类灵魂重量的砝码。……对（身为作家的）我而言，精确大抵意味着三点：
>
> 1. 精密、完善的工作计划；
>
> 2. 清晰、敏锐、难忘的视觉形象；在意大利语中，我们有个专门的词"icastico"来表达，但英语中没有；
>
> 3. 尽可能准确的语言，既包括词句选择，也包括思想与想象的幽微表达。（卡尔维诺 1996:55）

你看，卡尔维诺关于"精确"的小小法则，弥补了制定计划与执行计划间的鸿沟，一切都指向语词选择。

在名词、代词、动词、副词、形容词、隐喻、转喻、提喻与作为假设前提的沉默中，你可以看到文风差异。用不着害怕这些术语，你可以弄一本特别棒的词典（或者说是特别棒的投资，因为它是你的

---

① W. H. 奥登（1907—1973），英国著名诗人，代表作品有诗集《看吧，陌生人！》（*Look，Stranger！*，1936），长诗《西班牙》（*Spain*，1937），以及与英国作家衣修伍德（C. Isherwood）于 1938 年同访中国之后合著的十四行组诗《战地行纪》（*Journey to a War*，1939），等。——译者注

必需品），尽情查阅。回到散文的话题。散文体大精深，我们需要并且必须为我们自己、我们的故事、我们的读者量体裁衣。创意写作的要义就是掌控语言并运用一切技巧来完成你心中的作品。当然，这就是伊塔洛·卡尔维诺所说的精准。不是仅仅写出来就行了，而是需要使用"尽可能准确的语言，既包括词句选择，也包括思想与想象的幽微表达"。一言以蔽之，没有批判性创造力的写作毫无意义。

重新回到语言问题，菲利普·普尔曼曾说，对他而言，"散文是平凡的玻璃窗，而非华丽的镜子"（卡特 1999：184）。此言不虚。这并不是说散文应该平淡无奇、了无新意，一眼就能看到底。普尔曼真正的意思是散文应当通透明白，但也应拥有肉眼可见的玻璃隔层。我们有许多方法靠近窗户。虽然你需要透过窗户查看故事的走向，但是也用不着把所有时间都浪费在这上面。你可以让故事在窗台边稍作流连，也可以偶尔查看玻璃中的倒影（希望我的隐喻不太难懂）。普尔曼的观点给倒影/反思（reflection）留出了空间，这既可以使故事变得意蕴丰富，又不至于放大作家的自恋倾向，后者往往会令读者感到不自在。既然我们的虚荣当初强烈到让我们成了作家，那么也就无需再像那喀索斯（Narcissus）一样，一辈子都牢牢盯着自己的镜中倒影了。我们的使命是呈现，而非自我反思。请看下例：

> 散文是你写作的精华所在，它是从你心灵中涌现出的故事，聆听你内心声音的窗口，你的灵魂发出的声音……天啊，我在对这些人说些什么。我所写越多，所知便越少。假如说这本书有点用处，那也许是因为我比读者了解得更多，但果真如此吗？假如我把他们带到窗口向外望，他们却一无

所见……这本书我写不下去了……我没有这个技术……

好了,玩笑而已(也或许是自我怀疑的时刻,我们人人都经历过)。我现在并没有被自我怀疑折磨到写不下去或亟须重整旗鼓。但是过多的反思会令儿童读者感到阅读困难。要把握反思的度,但这并不意味着我们就不能让故事主人公对个体处境进行适当的思考。下面我们再来看看乔西的例子。

> 乔西躺在医院病床上,一幕幕往事涌上心头。游泳池事故算不上什么,她几乎都已经不记得了。或许时间会帮助她慢慢回想起来吧。现在最让她难过的却是妈妈。两年过去了,乔西最思念的仍然是妈妈。蓦然间,她大口大口地啜泣,再也睡不着了。困意全无。那些孤独的长夜仿佛又全部回来了。只是这一次,除了她孤独的思绪,还有失聪的静寂。就算天明也止不住乔西的悲伤。

我们可以花点时间展现乔西的悲伤。伤心欲绝的文字不必连篇累牍;在我们又一次从窗口往远处眺望前,只要在玻璃上留下一点悲伤的倒影便已足够。

下面我还会给大家举几个例子,看看散文的效用。示例排列顺序从简单过渡到较为复杂。

示例一

> 汤姆不喜欢那男人的样子。
>
> "来啊,汤姆,"妈妈说。
>
> 汤姆一动不动。那男的看着好怪。

这里我们看到的是一个低幼阶段的亲子共读/自主阅读散文片段，适龄范围在 4～6 岁。文风简单直白，一望可知危机近在眼前。

现在我们把适龄范围提高到 6～8 岁，引入一个明喻，甚至一个小小的隐喻。

示例二

> 汤姆不喜欢那男人的样子。他觉得那人的眼睛好奇怪。**蛤蟆眼一样**鼓在他脑袋上。
>
> "来啊，汤姆，"妈妈说。
>
> 汤姆一动不动。
>
> **蛤蟆眼男人**瞪着他。

这个明喻很容易看懂："蛤蟆眼一样"。小隐喻也不难："蛤蟆眼男人"。因为我们已经把该隐喻与之前的明喻联系到了一起，所以不会造成太大的阅读困难，而且只要不过度滥用，还能增加阅读的趣味性。当然，隐喻一定要直白易懂。如果我写的是"那男人的精灵眼（Sprite eyes）"，有几个人能明白这隐喻是什么意思呢？远在 20 世纪 60 年代和 70 年代初，奥斯丁·希利小精灵（Austin Healy Sprite）跑车的昵称就是蛤蟆眼。散文风格的选择，取决于目标读者群体的适配性：聪明反被聪明误，过犹不及（说实话，你真能想到这个隐喻里面的"精灵"指的就是"蛤蟆眼跑车"吗？）。秘诀就是，看在聪明的份上，不要要聪明。隐喻与明喻都要起到应有的作用。写作不在于你知道什么，而在于你呈现了什么。

散文的要义是晓畅。你的故事也要明晰，如同菲利普·普尔曼所说的玻璃窗隐喻一样。故事情节的暂停时刻并非只是为了装裱窗棂而装腔作势。我很喜欢那种充满延展性的、史诗般的或荷

马式的明喻。寻常的明喻也能获得更有深度的表达与延伸。但这
只适用于8～10岁年龄稍长的儿童读者群体。

示例三

> 汤姆不喜欢那男人的样子,那人紧盯的目光有点古怪。他紧张得坐立不安。
>
> 蓦地,那男人的眼睛鼓了出来。看起来好不真实。汤姆觉得,这双眼睛好像两只粉鼻子白老鼠,似乎马上要从他脑袋上弹出来了。汤姆甚至有点期待看到一大群老鼠从他脑袋里瞬间喷薄而出的模样。但是他心里还有别的担忧。在脑海里,汤姆能听到雷鸣般的吼声,满屋子似乎都有电火在他眼前打转。更糟的是,他脚下的整个世界仿佛都已摇摇欲裂。
>
> 凸眼男还在瞪着他。
>
> "来啊,汤姆,"妈妈说。
>
> 汤姆一动不动。他颤抖着,地震还在继续。这个男人似乎想要看透汤姆灵魂深处的黑暗。而汤姆却无法把他拒之门外。

好吧,这不是荷马风格(也不是菲利普·普尔曼风格,《黑暗物质》里他的确写出了漂亮的史诗性明喻),但是我们能够看到,年龄分级阅读难度是如何通过散文文风的改变而得到逐级加强的。通过将明喻扩展到雷、电、地震与灵魂深处的黑暗,我们将汤姆的不安推向了高潮。情感张力加强了,潜在的危机也就比之前的想象来得更严重,但故事内核其实并无变化。你可以试着写写,如果你希望仿效更好的例子,不妨读读《黑暗物质》,一睹写作技艺大师的风采。菲利普·普尔曼值得一读,在此我要向他脱帽致敬(有趣的

是，我这句客套话运用得特别恰当：有时它们真的字字到位）。

示例四

回到伊塔洛·卡尔维诺，他作品的特点之一即是写下细节，再不断拆分细节，有时甚至会超乎想象。如同荷马式明喻，这种细节拆分极其诱人（卡尔维诺的《看不见的城市》提供了典型范例）。较为粗糙的示范，请再来看我的汤姆：

> 汤姆没法看着他。那男人的眼睛吓人地凸在外面。没办法，他只能一直盯着男人左侧的窗户。透过窗口，汤姆凝视着辽阔的蓝天。在地平线那里，他能看到一棵大树在微风中轻摆。最高的树枝上，破败的鸟窝摇摇欲坠。窝旁蹲着的，是汤姆所见过的最丑陋刻薄的一只黑老鸦。但是老鸦呱呱叫起来，回望着汤姆，仿佛有话要讲。
>
> 它好像在说，你为什么不来这儿跟我一起？这儿多好啊。看，咱们俩可以一起飞，飞到明亮湛蓝的青空之中。多自由，一切一切，都在等着咱们呢。
>
> 汤姆紧张得手足无措。就在这时，乌鸦扇着肮脏的大翅膀，高飞冲天。汤姆紧盯着，仿佛那丑陋的鸟摇身一变成了他放出去的最强风筝。它陡地俯冲，下探，在树顶盘旋。跟我走吧，汤姆，它好像在这样说。跟我走吧。
>
> "汤姆，"妈妈说，"汤姆？"
>
> 但是汤姆没听到。他已经径直奔着窗口走过去了。

这是卡尔维诺式写法的弱化版本，且无意于将其发展到尽善尽美。但是你仍然可以看到，以辽阔天空开始，继之以树，又将视野缩窄到一只乌鸦身上,通过拆分视觉细节,我们拓宽了写作空间,而不必特意将故事带入它不该进入的地方。

关于散文,还有许多其他写作技巧,但是使用前需要你深思熟虑。头韵写法特别适合儿童读者(千万不要被 Sammy Seal、Tommy Trout 这样招人厌烦的常见滥用给误导了——告诉我,你已经过了那种觉得这种名字有趣的阶段了)。"拉拉罗拉的手,告诉她你爱什么"(Link arms with Lola and tell her what you like),这样简单的头韵,自然韵律的节奏感可要比什么"海豹萨米坐在海边(Sammy Seal sat on the seashore)"强多了。记住,你是为儿童写作,而不是幼稚地写作。你追求的应该是美妙文字的节奏感。我在指导一名学生的硕士论文时,跟她一起提出了文字华尔兹的概念:写作如同跳华尔兹,是一场文字的舞蹈。我现在也仍然十分钟爱这个概念:文字能够起舞,你一定要看到文字的舞蹈,一定要听得出旋律,也一定要写下它们的舞步,"我能否将你比作夏天"[①]。孩子们喜欢甜美悦耳的韵律,喜欢文字华尔兹的和谐乐音与旋律质感。在写作时,华尔兹只有一种奏效方式——舞步,二三,一,二三……我希望你能特别留意其中的文字质感、声音与表达;一字一句慢慢累积出含义与意义。

我们生活在一个充满性别、年龄与性格等差异的多元文化与种族融合社会中。这样的结构可以为你所用。那些东西的感觉、味道与气味如何?他高大如山吗?你曾被浪潮般的痛苦感冲刷过吗?她给你的吻是否如蝴蝶般温柔?她的歌声感动到你了吗?他的心是不是硬得如同炎夏的陶泥?你曾流过欢欣(joy)之泪吗?

---

① Shall I compare thee to a summer's day,语出莎士比亚十四行诗第 18 首。——译者注

乔伊(Joy)能来家里玩吗？我有个朋友叫乔伊,她说她没有小名昵称,于是我叫她伊乔(Yoj);你能把这个细节写到故事里吗？这里有故事吗,抑或单纯只是场文字华尔兹？

散文关乎重音、节奏、说话者声音、语句转折、遣词造句、句法与声音、夸张、简约、沉默——给我们预留了思考时间的漫长而甜蜜的沉默。在示例四(参见上文)中,沉默成了一种前提假设。汤姆用不着表现出害怕,用不着喊出他的恐惧。他只是有些慌乱。你也可以用同样的方法处理快乐、悲伤、饥饿、疲惫、眩晕、温暖、寒冷……反复想想你要写什么。然后再想想:它有意思吗？它是不是太密了？它是不是太疏了？它有意思吗？它要往哪里发展？它实现我的目标了吗？它有意思吗？这个问题我是不是已经问过好几遍了？好好问问自己:它有意思吗？

散文是叙事的编织底料,你把织物纺好了,做出来的壁毯才能结实持久地挂在墙上。我知道,我也希望能有机会推翻重写……哦,话说得已经够多了。

最　后

在你即将写完全书之前,你还应当记得关于童书的最后一条规则:必须要在结尾留下一个新开端。我在《拍摄乔》里暗示过乔西或许会恋上和夫。这个简单的设计会带领读者展望乔西的新生活。知道故事主人公走进了新生活,这是读者坚持读完作品之后应得的回馈——结束意味着另一个开始。

第三章　按高度写作

理解年龄分层

创意写作中年龄不是问题，这样说未免太轻率了。好的写作，好的作品，好好讲述出的故事，永远都能找到读者。这是经常听到的故事，但我并不相信。

写作的要义在于知道自己为谁而写以及作品的质量如何。写作需要受众：文学小说（这词可太自负了啊）、机场惊悚读物、情色作品、鬼故事、三部曲里有侦探的那本、《现在不行伯纳德》（*Not Now Bernard*）①、街头小报，都有自己的受众群体。何必要否认这一点呢？当然了，各种文体不断互相渗透，我们这些读者的阅读需求也变得混杂与融通。孩子们也是一样。但在儿童文学领域，存在着另外一套分层体系，你必须要熟悉其中的规则。

在引言部分，我曾讲过，年龄与阅读年龄并不总能步调一致。智力水平与经验阅历并不能只按线性图表来加以计算。它们更像是马赛克图案，拥有其自身独属的规律，拒绝整齐划一。目标读者的接受能力与经验阅历才是问题的关键。这也是你在写作中应始

---

① 儿童绘本，1980 年出版，作者为英国著名儿童作家、插画家大卫·麦基（David Mckee）。——译者注

终奉行的准则。

粗略地划定年龄群体,这主要是为了方便讨论,因为学校——至少在小学阶段——通常是按年龄来划分年级的。出版商自然也倾向于沿袭这一年龄分层体系。但这样的划分并非总能行之有效,后文我们还会详谈。"按高度写作",请不要单纯从字面意义上理解这句话。最好把它当成对你"目标读者"的一种隐喻性说法。

你对读者有多少了解?

有关"年龄/作品"的简单分类,请参见下表。你可以自己做一版,调查一下最近出版的作品,把它们填到对应表格中。去图书馆和书店看看吧。你要了解这些书长什么样,以及读起来如何。

填表的关键在于了解阅读年龄以及该年龄段读物的品质。佐证材料俯拾皆是,轻而易举就能列出个书单来,但是这项工作必须由你亲手完成,他人代劳毫无意义。但是你仍需记住,任何书单都是极其主观的。它只是一份推荐目录,而非权威认定。你的目标不是做目录。试着用心感受你所期望创作的题材。如果你一无所知,那我建议你现在就赶紧开始了解吧!我要再次重申本书引言中的话:读得多,写得好。这个道理,不是天才也能懂。

感官书 (sensory books)	爬行期(crawling) 0~1 岁	玩耍/听读(read to)① 卡片书 儿歌 玩趣书(novelty books)
绘本 (picture books)	学步期(walking) 1~3 岁	听读 绘本——400 字以下

---

① Read to,在童书领域主要指亲子共读——家长朗读,儿童聆听。为行文方便,本书译作听读或亲子共读。——译者注

（续表）

	蹦蹦期（hopping） 2～5岁	听读/朗读（read aloud） 绘本——1 500 字以下 桥梁书（early readers） ——1 000 字以下
	跳跃期（skipping） 4～7岁	听读/朗读/自主阅读（read alone） 绘本——1 500 字以下 章节绘本（chapter picture books）——2 500 字以下
短篇小说 （short fiction）	跑步期（running） 4～7岁	听读/朗读/自主阅读 绘本——1 500 字以下 系列小说——6 000 字以下 短篇故事集——1 500 字以下
较长篇幅小说 （longer fiction）	竞跑期（racing） 6～9岁	自主阅读 短篇故事——2 000 字以上 较短的长篇小说——12 000～ 20 000 字 系列小说 故事集
	闪避期（dodging） 8～11岁	自主阅读 长篇小说——20 000～30 000 字 系列小说
	远征期（trekking） 10～12岁	自主阅读 低年段青少年小说①—— 30 000～40 000 字 系列小说
青少年小说 （teen fiction）	起飞期（flying） 12岁以上	自主阅读 青少年小说——40 000 字左右

注：以上分类含电视节目等相关产品。

---

① Pre-teen novel，低年段青少年小说，亦即"前青少年小说"，指适合 10～12 岁儿童阅读的青少年题材长篇小说。相比青少年小说，这一体裁在题材、主题、描写手法等方面，针对年龄细分有特殊的限制性要求。——译者注

从表格中,我们可以看到在年龄分组与字数方面有一定的浮动空间。这个表格只是一种导引,并非铁板钉钉不可更改,你可以试着搜集一些作品填入对应类别中。同一年龄群的个体阅读能力也不尽相同。这在表格中呈现得很清晰。但是这个导引还是相当实用的。越来越多的出版商,尤其是教育类图书出版商,都开始重视年龄分层阅读问题。

我最近正应邀为 5、6、7 岁(亦即小学一二年纪)的儿童写作一套故事书。出版策划大纲上写着要为"班上最聪明的三分之一孩子"提供读物。一般认为,在年龄渐进式阅读培养框架中,仅仅期望有能力的孩子去"向上够"下一年段读物的培养方式,并不是最为妥当的做法。我们会觉得,如果想让孩子们保持阅读热情,就应该给他们提供更符合其成长发展与生活经验的读物;并且认为只有这样才能培养起他们的读者意识。简而言之,适合 7 岁孩子的故事,不一定也适合 5 岁孩子。然而,耐人寻味的是,这个策划大纲专门提到:"这些处于最重要成长阶段的孩子们,正在逐渐失去阅读的兴趣。"你永远不该忘记,为儿童写作肩负着多么重大的使命。

就在我刚写完适合 5 岁儿童阅读的 600 字故事《老鼠石》(*The Mouse Stone*)时,出版方要求我调整写作方案:

- 适合 5 岁儿童的短篇故事,1 000～1 500 字
- 适合 6 岁儿童的短篇故事,2 000～2 500 字
- 适合 7 岁儿童的短篇故事,4 000～5 000 字

这套故事书的目标读者是"准备跳出基础阅读计划"的儿童。也就是说,他们想要给那些准备迎接阅读挑战的低龄年段儿童提供读物。与其急着把孩子们推向下一阅读年龄段(与隐含生活经验相关的内容是一个大难题),不如以更负责任、更恰当的方式为他们

撰写读物。

做得对，出版人们。

下面让我们仔细看看，我们能写什么与为谁而写。前文表格提供的练习，目的是让你明确自己的读者是谁。在你开始写作之前，你还应自问一个简单的问题：我知道自己在为谁而写吗？

每当学生们为我而写时，我都会要求他们标明目标读者年龄，其目的不在于追求格式规范，而在于让他们明确读者需要。一般而言，在学期前半程，他们往往都会误解——尤其是那些还没有孩子的学生。但是随着练习渐多，他们也变得越来越娴熟，甚至能够解决年龄分组中一些游移难定的棘手问题了。这也正是你的学习目标。无论怎么强调都不为过：关键在于理解儿童的经验与成长。不是要你倾诉自己的故事，也不是要你关注政治正确与审查制度；而是要你了解自己的受众。

在对每一年龄组别进行讲解之前，我都会首先提出一个简要的批判性观点。请尽量不要跳过。针对创作目标做批判性理解，对写作将极有助益。

感官书

感官书	爬行期 0～1岁	玩耍/听读 卡片书 儿歌 玩趣书

感官书——批判性观点

从哥白尼发现行星绕太阳运转（而非相反）至今，已经快要

600年了。但你家的小朋友未必知道这一点。我的重点不在该科学事实本身，这些知识孩子们早晚都会在校园里学到。我是以日心说作为对自我认知的隐喻。其实，在这一年龄阶段甚至更往后，隐喻都会令孩子们感到难以理解，这一点后文我们还会提及。

对儿童而言，理解世界并非只绕着我们自己运转，这是成长经验中至关重要的部分。我们从完全依赖他人呵护喂养的小婴儿，逐渐成长到明白自己不是世界的唯一中心。至少大部分人都是这样的吧。虽然我觉得"我，我自己，我"这样的墓志铭或许特别适用于我们身边的熟人——但诚实点说，或许也适用于我们自己吧。

问题的重点在于，对作家来说，将这个年龄组别切分为三个重要发展阶段是十分必要的。我将之称为：依赖适应期、早期活动期与互动反应期。这一年龄段的核心目标就是激励儿童发育，即培养思维与身体的协调能力。通过记忆编码与重复来促进感官的协调互动网络发展，是非常妥帖的做法。但这对作家又意味着什么呢？

简单地说，你要知道，儿童在早期发育年龄段中所学到的东西，比后面余生中要多得多。例如学会吃饭、走路、说话，这些都是对不断发育的大脑所取得成就的简单化描述。但你应该能明白我的意思。

我并不准备在早期阶段童书创作问题上花费太多笔墨，这主要是因为儿童发展心理学研究已经取得了非凡成就，同时也因为文字作家在此几乎无从入手，这一领域更需要的是绘画作者。但是，我仍然会讲几个要点，并提供一些思路。

正如尼古拉斯·塔克（Nicholas Tucker）曾提醒我们的，"在最初阶段，书本对新生儿来说毫无意义。此时，即使是最寻常不过的日常琐事，在婴儿眼里都将无比奇特"（塔克1991:23）。那种给刚刚能集中注意力的小婴儿看的读物,你们都见过的。没必要在婴儿读物上过分纠缠,我简单举几个小例子吧。这个问题研究起来比较容易,如果你感兴趣的话,我建议你读读相关主题的作品,因为后面我们会看到,作家常会深深迷恋自己所不理解的东西。

感官书

一般是小布书,书页设计主要诉诸视觉、听觉、触觉甚至嗅觉(小婴儿即使开始不嗅,过不了多久也一定会去嗅的)。这类图书往往由多种材质制作,比如某一页上有丝绸贴布,另一页上又黏了一小块橡胶补丁,书里边或许还藏着小铃铛、小电铃或沙沙作响的小纸片。

卡片书

形状任意,通常一页一图,硬纸板印刷,可以撕下来读玩,结实耐磨。图画要色彩鲜艳、形象完整(不要抽象,也不要选择怪异的角度)、易于辨认。不要忘了,这是给小婴儿看的,他们可能连镜子里的自己都还认不出来呢。

卡片书也常用来教孩子识字。我家儿子认得的第一个词就是"蛙"(og),也就是"青蛙"(frog)。一般情况下,卡片书叙事都极其简单,甚至就只写一个词,比如"苹果"。在这一年龄组,我们通常都会鼓励父母把内容大声朗读给孩子听。儿童的沟通技能是需要加以培养的,其实大人也是一样!当然了,等到稍大一点时,孩子或许会主动去找卡片书,甚至想去阅读词句,但这取决于书本的寿命以及家庭读书氛围。几个月的娃娃就会藏书,小不点的孩子就会识字——你可不要误以为这都是普遍现象。一般而言,阅读行为是在这一阶段之后才会发生的。

　　卡片书有时会发展成为短小故事，其形式主要是童谣儿歌（详见下文）。一般而言，卡片书主要是作为易拿可玩的幼教图画卡片出现的。然而，我目力可及的卡片书，都该改名叫"无趣书"[①]。你之所以常常会在回收箱或折扣店里看到卡片书，或许是由于这些书出版时常常并未真正考虑到幼教实际需要吧。最近我还看到一套所谓的"技能"主题卡片书。左页画了一把勺子，还配上了说明文字"勺子"；右边对页插了一幅画，下面写着："汤姆拿着勺子。"这句话写出来似乎是为了方便看不懂图画示意的大人，而不是为了孩子。假如看卡片书的孩子已经能明白勺子及其用途，那么他/她也就可以直接晋级下一阅读阶段了。

　　"技能"书倒也没什么坏处，至少它还能提高父母亲的对话能力（后文将详论）。但有的时候，它也会极其离谱。举个例子吧，有一套总名为《宝贝司机》（*Baby Driver Books*）的系列卡片书，假如你看过这套书，就一定能明白我的意思。[②] 他们把书设计成各种交通工具的样子，火车、jimbo 飞机（不，我没拼错）等。这些机器都拥有动画形象与名字，如金博（Jimbo）、查非（Chuffie），有人物性格，且配上了韵文。我们并非要苛责作者，毕竟他们也付出了精力与劳动，但是这套书显然完全不适合其目标受众——你的读者还处在混沌未开的状态啊。

　　最明显的问题就是信息。查非，我们知道它是辆"扳道车"（shunter），作者进一步解释说，它是"从前的一种蒸汽机"。接下来就是一幅微笑驶来的卡通火车图画。但我们要问的是：把"扳道

---

　　① 　原文 board（卡片）与 bored（无趣）同音，作者用同音字开了玩笑。——译者注

　　② 　伊安·皮林格（Ian Pillinger）:《宝贝司机》，Peter Haddock Ltd 出版。

车是从前的一种蒸汽机"这样的信息塞给一两岁的小孩儿,这合适吗? 有用吗? 有趣吗? 当然了,孩子们很快就会迷上《托马斯小火车》(*Thomas the Tank Engine*),或许他们的扳道车知识到时也能派上点用场吧。然而,到那个时候,孩子们恐怕早就把卡片书甩在身后了。这个套系正好夹在卡片书与绘本的夹缝里,左右两不沾。这样的例子多得简直说不完。

儿　歌

虽然大部分儿歌类童书都五彩缤纷,制作精良,但儿歌的核心要义在于,我们大声读或唱给孩子听时,它所呈现的声音与节奏。值得注意的是,这个年龄阶段的儿童,已经开始有语言意识了;这里所说的语言并非词句意义本身,而是指呵护时的音调与逐渐发展起来的交流沟通意识。当他们开始能够听懂并使用语言时,儿歌就可以用来培养他们的相关能力了。我不打算详讲了,因为你八成也不准备从事儿歌写作。我们在后面章节中会讲到儿童诗与歌曲写作,或许对你会有所帮助。

玩趣书

我太爱它们了:立体书(pop-up book)、活动书(activity book)以及鼓励参与的"翻翻"书(flap book)。没人能抵挡埃里克·卡尔(Eric Carle)的《饥饿的毛毛虫》(*Very Hungry Caterpillar*)所带来的纯粹快乐,毛毛虫会把书页一点点吃光。比这个年龄段稍大一点,我们还会看到珍妮特与阿兰·阿尔伯格(Janet and Allan Ahlberg)的名作《快乐邮递员》(*Jolly Postman*)——邮递员会带来装满信件的大邮袋,让小朋友一封封拆信阅读。那些需要通过"翻翻"来阅览简单故事的童书,对孩子们尤具吸引力。米克·英科彭的《吉帕的蓝气球》（*Kipper's Blue Balloon*）就特别好玩儿——但你可要做好准备，孩子们八成会动手撕书的。这类童书的设计初衷就不是指向永久保藏的。

这些都是玩趣书，我们接下来要开始讲讲别的童书类别了。当我们开始进入米克·英科彭的"吉帕"与简·西塞（Jane Hissey）的"老熊"（Old Bear）系列故事（两种都是图文绘本）的快乐世界之时，假如一切顺利，孩子们将会接触到他们的第一本作家作品。而你，身为作者，应该意识到，本书的这一小节是为你所写的——希望上面的信息能够帮助你认识到这一点。

绘　本

绘本	学步期 1～3岁	听读 绘本 简单故事书 配套电视节目
	蹦蹦期 2～5岁	听读／朗读 绘本 桥梁书 简单分章童书 配套电视节目
	跳跃期 4～7岁	听读／朗读／自主阅读 绘本 桥梁书 简单分章童书 配套电视节目

绘本——批判性观点

绘本自带的精致特质，使得它成为文学世界中十分特别的一种文体样式。优秀的绘本是真正充满原创性的艺术精品。然而即使如此,我们是不是仍然常会发现人们对绘本中的简短文字不以为然,甚至声称自己也能随便写一本出来? 就算是成名的绘本作者以及声誉卓著的出版社,也常常轻视绘本,后文我们也会讲到相关的个案。

在正式开讲以前,我依然想要从批判性角度谈谈绘本,因为在我看来,解构与分析绘本文本及其创作过程的欲望,有时会掩盖并混淆掉一些真正值得注意的问题。

很多评论家关注绘本(见参考书目)。但在这里,我要对其中的一些观点提出异议,目的是帮你找到思考写作时所应当持有的立场——因此,我希望你能跟上我的思路,因为我们的全部讨论都关乎写作的远见视野。

玛格丽特·米克(Margaret Meek)曾经写道:

> 绘本中的一页,就是一个等待观看者思索、叙述与阐释的图像符号。其中隐藏的故事,要经由讲述才能逐渐浮现。正因如此,绘本从初创之时便字数寥寥;故事情节存在于多义化的图画文本之中。(米克1988:12-13)

围绕这一观点,儿童文学评论家彼得·亨特说:"绘本能够开发读文与读图的区分能力。"(亨特1991:175-188)他还援引了另一位评论家尼古拉斯·塔克的话作为依据:"绘本艺术植根于插图与文本间的互动!"(塔克1991:47)在某种程度上,这些观点当然也是妥妥地正确。的确,整体看来,以上观点在大学本科教育的学术语境中是有理论连贯性的。但我其实持有异议,觉得它们累赘又麻烦。我无意于抢占学术高地。恰恰相反,你会看到,我要的是低地,越低越好。

虽然这些评论听起来似乎也有理有据,但事实上,他们说得远远不够,并且没有给出真正重要的信息。跟大多数儿童文学批评论著一样,我也常常忍不住这样想:既然作家们都已经坐在学院办公桌前了,那他们很可能早就忘记了婴儿爬行时期的视野。之所以这样说,是因为他们的论述忽略了"抚育"(nurture)这一环节。亚当·菲利普斯曾雄辩地提到过这一点,我前文也曾引用过。我们并非要苛责前面三位学者,接下来你便会看到。

绘本的确能够有助于开发读文与读图的区分能力。我专门把"有助于"三字标出来了。你总不能为了证明这个理论,就冒着被控虐童的风险,天天逼着孩子们看绘本吧。这是不可能的,我想玛格丽特·米克、彼得·亨特和尼古拉斯·塔克也一定会这样认为。我之所以对其观点持反对意见,原因之一正在于:他们其实知道该理论是无法证明的。

这些评论失之抽象笼统。批评家们并未将儿童的高度当作批评的经验之源,而是将其视作年龄群组标签。他们不是在阅读个体,而是在评判过程,但这二者并不相同,作家们不应忽略这一点。或许在无意之中,批评家们便已将绘本与某个特定年龄段的儿童画上了等号,这其实是不够全面的。

尼古拉斯·塔克做了折中调和,认为绘本适合3~7岁的儿童阅读。而别的学者又会建议将年龄段设定为0~7岁。但是,正如我们之前讨论过的,也如彼得·亨特曾经说过的,企图精准限定阅读年龄段,这简直无异于水中捞月。但是我们可以通过其他方面的考察,来更进一步思考这些批评家观点中的缺失。

请从儿童发展阶段角度去思考问题!比如说,思考一下尼古拉斯·塔克(1991:46)提出的3~7岁年龄段。在英国,这个年龄群组的孩子大致可以对应为下列几个学段：

- 3 岁　　　学龄前（pre-school）
- 3～4 岁　托儿所（nursery）
- 4～5 岁　学前班（reception）
- 5～7 岁　预备小学（infants）
- 7 岁以上　小学（juniors）①

他们不该全被塞进"绘本"年龄段。童年时期的最初七年或许是人生中最重要的学习年段，从这一角度出发，你想想这样划分合理吗？孩子们在这一阶段学到的东西是最多的。而你要做的是回过头去重新理解"儿童"这一概念。用年级学段进行分层之后，你就有机会仔细审视你究竟在为谁写作了！深入了解儿童。这会令你受益无穷的。当然，这并不是说所有问题都能仅仅依照年龄来简单分类，我之所以又唠叨了一遍，目的是希望你能充分重视这一点。

　　我们已经在感官书小节中讨论过下面这两种童书类型了（请记住，同学步与说话一样，年龄分布会因个体差异而有浮动空间）。为发育中的小婴儿创作的绘本，一般会直接提供视觉与语言能力开发内容，但仍需要家长/朗读者通过亲密抚育与经验分享参与进来。在我看来，了解这一点会令绘本的力道瞬间改变。

---

　　①　英国小学阶段从 5 岁开始，针对 4～5 岁儿童，会留出一年时间进行学前适应教育，即 reception year，相当于我国幼儿园的小班及中班，本书译作学前班，也有人译作幼儿园高班。儿童满 5 周岁要进入 infant school，参加正规国家课程学习，著名学校如 Moorside Infant School、Amesbury School 等，大概可对应为我国教育的幼小衔接阶段及小学一二年级，本书译作预备小学，也有人译作幼儿学校。7 岁以上儿童进入小学，即 junior school，大致对应我国小学三到六年级，本书译作小学。——译者注

想象或者回忆一下那些故事分享的经历。不是为了怀旧,而是将它当作抚育经验实操。你当时年方 3 岁,依偎在亲长怀抱里,他/她正把《小熊睡不着》读给你听——之所以专门提到这本书,是因为它能够帮助建立良好的亲子关系。这个温馨时刻,正是经由阅读而实现的。抚摸、声音、景象、故事、温暖、安全、情感、爱意;这一切都因"亲子共读"故事而融聚到了一起。这就是真实可感的抚育行为,这就是正在成型的生活经验。我甚至想说,终我们一生,或许都再难经历比这更美好的时刻——不过当然,在这方面我显然不是权威。

在父母/朗读者/作家/儿童的互动中,绘本可以起到良好的中介作用。

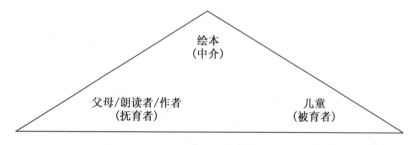

如图所示,绘本有助于发展抚育者与被育者的亲密关系。

近期一些有关绘本的文章,聚焦于儿童发育的关键时期,即读图与读文的认知区分时期[一如佩里·诺德尔曼(Perry Nodelman,in Hunt 1999:69 - 80)所言],将其视作儿童理解世界的必经过程。但在我看来,这正是对绘本初衷的误解。如上图所示,绘本既是亲子分享活动的中介,更是重要的心理学与社会化工具。比起反复关注儿童认知发展,我们更需要的是努力搞清楚应该如何参与抚育过程,而这完全是另一个问题了。

在这一意义上,抛开抚育问题,单谈解构文本、叙事和图画,这已然是对绘本与儿童利益的忽略，更不用说也是对亲密体验的放弃。但毫无疑问，我们所做的一切都是为了体验生活。即使在家庭之外，学校老师与课堂助理都会证实，这样的分享体验在学校中也绝没有消失。32个同龄幼儿围坐在托儿所老师身边，这样的分享体验也会带来相似的亲密感。

　　还记得菲利普斯关于抚育的论述吧（见上文）。创造故事关联，这正好与我们的领域息息相关。这个问题相当重要，我们不妨一起来深入谈谈。绘本不仅仅是个"我读你听"的故事，它更是联结父母/朗读者与孩子的中介，我们的讨论应该从哲学层面进一步展开。

　　在翻译 logos（逻各斯）一词时，圣哲罗姆（St Jerome）说，太初有话。[①] 这是被基督教神学所热切接受（并葆藏）的一句格言。在西方传统中，从抚育孩子的家长角度看，这句翻译兼具描述性、权威性与矛盾性，尤其是当你考虑到亲子间的经验鸿沟时。被孩子抛到空中的球与被家长掉在地上的球，二者虽然皆在同一时同一地，运动的方向却截然不同。现代学校教育早已放弃了这种耶稣会或葛雷梗式（Gragrind，如狄更斯在《艰难时世》中的描述）的教学方法。朝着同一方向前进，这才是目标所在。它应被视作一种分享体验，而非规范化进程。它希望父母与孩子/老师与孩子/作者及朗读者与孩子都朝着同一个方向前进。如果这一目标以书为中介获得了实现，这时，且只有这时，写书的人才能自认真正取得了成功。那这究竟该怎么实现呢？别急，其实也很简单。

---

　　① In the beginning there was the word. 中文和合本圣经将这句话翻译为"太初有道"，这也是当下最为通行的译法。本书为与下文"太初有对话"呼应，改译成了"太初有话"。——译者注

你看，伊拉斯谟颠覆了圣哲罗姆对 logos 的翻译，将之改成了"太初有对话"（conversation），这就使得整个过程变得亲密起来了（或许我们因此可以理解早期神学家为何会以缺乏权威感为由反对这种译法）。通过图画、文字与行动抓住受众，让他们对故事感同身受——能够这样讲故事的人，才能说真正掌握了讲故事这门手艺。既然如此，"绘本"逻各斯也就成了一种关于抚育理性的经验，通过文字、图片以及亲密分享的全部情感体验过程来加以表达——这些球必须朝着同一个方向前进。但是作为作家，你仍需谨慎。抛球杂耍不易，因为球总会飞往你扔出的方向。你需要不断磨炼技术。你需要摸清字句组合的最佳方式。把球随便一扔，指望它能准确落地，一定没戏——因为这就是不可能之事。

因此，身为作家，你的工作不是坐在书桌前，努力对着孩子们讲话。在准备从你的创造性自我中诱导出故事之前，你首先应当知道孩子们在哪里，放低身段，融入他们——尤其是要融入那些年幼的绘本小读者之中。为这个年纪的儿童写作，你的任务就是把所有与抚育相关的主题全涂画进这本书。

我知道这算不上什么批判性论述，但是世界上每位父母/教师/帮手/保姆都明白，就算是与"可怕的两岁"孩子共度的最可怕一天，也是自有其价值的。重要的是，它是为儿童服务的。在爱的联结重新建立之前，一本好书，一个令人喜爱的好故事，也可以是一种中介力量，一个缓和家庭关系的契机。那些亲身体验过亲密关系的幸运儿，应当花些时间去回忆，并尝试分析自己为何仍然对此充满渴望。而没有经历过的人，则可以思考自己为何想要通过写书来帮助别人建立这种亲密关系。真的就是这么简单。了解一下书的功效。我可不会告诉你，我自己的思考，是基于上面哪一种——亲身经历还是遗憾错过。咱们之间还是保持点神秘感吧。

但是我会告诉你，无论取得多大成功，你为儿童写作的部分原因，都应当是希望致力于关注抚育进程以及提升分享体验。

但是也要诚实面对。儿童图书可不是绕着遗憾错过的多愁善感打转——那是大人的领域。正如布鲁诺·贝特海姆所写："追着孩子唠叨意义，可就摧毁了童话在孩子们心目中的美好地位。"（比特海姆 1976:69）这同样适用于你将要书写的儿童文学作品。孩子并不需要那些他们尚且无法理解的、过分感伤的悔恨与哀怨。

这也引出了本书最重要的一项建议：

为儿童写——而非写儿童！

著名儿童文学作家、插画家莫里斯·森达克（Maurice Sendack）曾在采访中说："我尝试画出孩子们的感觉——或者说，我想象中孩子们的感觉。"（塔克 1991:49）脱离采访语境，单拎出这句话来，我真不知道他要做的这两件事，究竟哪个更加糟糕。

谁会愿意看到一本刻意模仿而非触动或激励我们的书呢？书写出来肯定是为了促使我们感受的啊：提升我们对情感、理性与经验的理解；培育并帮助我们理解心中的感受。其实我真心觉得莫里斯·森达克已然做得非常出色了，他只是表达得不够准确（至少在这段引文中不太准确）。这充分说明，创作者未必是自己作品的最佳描述者。我们还可以再接着指出另一个事实：批评家也未必是最佳传播者。这样我们至少能对要讨论的问题先取得一些共识。

杰奎琳·罗斯（1994:12）曾写道："童年永存……我们不断反复书写童年，以便为自己的私人史建构起图景。"她所讨论的是我们这些大人以及我们对逝去童年的怀念。但是，阅读绘本的孩子，他们正在经历的童年可是活生生的，并非什么历史陈迹。孩子们的生活与思考都发生在实时的童年时代。反思、乡愁以及追忆是心理发育的产物。我们应该努力亲近儿童，因为他们正实时经历着童年;但这并不意味着我们应该努力让自己成为儿童。这正是绘本的逻辑。同时,这也是"闪回"的倒叙写法在绘本中全无用武之地的原因所在——这么小的孩子根本无法理解闪回。但是在创作绘本时,为了这些尚未学会想象未来的孩子,我们一定要把内容呈现得活灵活现,激发孩子的想象力。我们对未来想象的激发,不是通过反刍旧日时光或一成不变的现在,而是将未来生活的诸种可能提供给孩子们。在讨论结束前,我们可以看看杰奎琳·罗斯最敏锐的观察:"语言不(只)是我们用来交流的工具。"(同上:16)对于幼儿来说,绘本是一张关于未来的期票,总有一天,他们会发现,未来的一切都是当下生活的折射。

在恰当的条件下,受到良好抚育的孩子会逐渐发展出这样的认知理解,但前提是我们将认知作为阅读过程的一部分。正如杰克·赛普斯所说的:"讲故事的人不能也不该假装自己是心理医生、古鲁(gurus)①或社工。"(赛普斯 1995:233)我还要再次回到亚当·菲利普斯的论述——我们所能做的是协助塑造亲子联系,抚育才是问题的关键。

绘本其实是培养儿童感官认知发展的主要方式之一。但是作为成人,你可曾想过,自己的感知方式应当被拆分为比如说影像与声音两种差异系统?对我们这些讲故事的人(homo fabula)、说历史的人(homo historia)而言,日常生活是多声部复调世界中的多义多元经验,它构成了我们自己人生故事的一部分。与(坊间传闻的)福特总统(President Ford)不同,我们都能够边走边嚼口香糖——从小就会。假如给予充分鼓励,这个年龄段不会遭遇什么

---

① 古鲁是印度教、锡克教等宗教中的导师或领袖,也译作上师。在当代流行文化中也常被用以指称心灵导师、精神导师。——译者注

麻烦。

如你所见,简简单单的小绘本,其实也没那么简单。

绘本	学步期	听读
	1～3岁	绘本
		简单故事书
		配套电视节目

认识到需要在专业领域内思考年龄段问题之后,你还将认识到所需文本的专属特质。在以"按高度阅读"为原则的同时,你还需要关注能够填补大朗读者与小听众之间隔阂的长度、语言与主题。动笔之前,请你先在脑海中估量好孩子们的高度,但是别忘了,你的故事要值得讲给别人听。许多绘本常让我觉得自己是在看商品目录。请你自问:读商品目录有意思吗?

不要傻乎乎地上了当,以为绘本是条写作捷径。写个几百字完事,用不着成千上万字的长篇大论——这种想法可是错得离谱。创作出优秀的绘本,这八成是最艰难的写作任务了。我的学生们自然觉得这门课可太难学会了,而大多数人也的确没能学会,其主要原因在于,你想讲一个大故事,能用的单词却是有限的。

绘本并不是专供儿童的小故事或简单故事。正如戴安娜·金普顿(Diana Kimpton)的洞见,绘本是"长话短说的大故事"。这句话讲出了文本经济学的精髓:文字精简不应以牺牲信息量为代价。

正如上文所述,儿童也与成人一样,对故事构成有所要求。他们需要故事围绕中心人物展开,需要精心编织的情节,从开始、中间到结尾次第展开。同时也如我所曾解释过的,我们一定要看到中心人物的发展成长。此外,我还要补充一点,这个人物一定要充满人性,不管它是以老鼠、猴子还是公园管理员珀西(Percy)的形象出现。人物一定要让孩子们有代入感(就算他/她不知道它们究竟是什么也没关系)。以看不出是什么的生物或无生命体做主角，一般都不太容易取得成功。但《托马斯小火车》和《巴布工程师》(*Bob the Builder*)是例外，这样的作品常常是在电视配套节目的加持下才火起来的。

然而，过去的辉煌已成过往。当马丁·瓦戴尔(Martin Waddell)开写《名唤月光的小猫咪》(*A Kitten Called Moonlight*)时，他凭《小熊睡不着》童书取得的巨大成功已然派不上用场了。《名唤月光的小猫咪》一开头就打破了绘本的许多基本规则，且直到结尾也没有做出弥补。构思时看上去似乎不错，然而真的落在纸上却相当糟糕，因为文字和图画这二者，无论合体还是分开单独看，都远没有达至应有的效果。读完之后(我建议你也读读看)，可以思考一下《名唤月光的小猫咪》究竟是哪里出了毛病。

绘本创作中有个特别重要的不成文规定(它其实也很简单)：绘本一定要写成实时状态!

这条原则看上去平平无奇，但是，假如绘本被用作与儿童交谈的中介物时，理解这一点就尤为重要了。比如说闪回这种技巧，许多孩子就无法理解。昨天、去年、明天、下周，这些概念对低幼阶段的儿童而言，就显得极为抽象。这并不是说你的故事时段不能延展到几天那么长，但是你要让孩子们看到时间在故事中的发展轨迹——早饭、午饭、晚饭、上床睡觉等。再说一遍，你要自己做好功课。

篇 幅

本节我们主要讨论两个问题：页数与字数。

页　数

绘本篇幅一般是 32 页，其中包含 2 页扉页与版权页。留给你发挥的至少有 24 个单页或 12 个对页[①]；至多有 30 个单页或 15 个对页。但是，这只是一般而言，有些时候出版商也会有特殊的篇幅要求——尤其是教育图书领域。最近我就曾为 24 页和 48 页篇幅的绘本撰过稿。下面的表格呈现的就是 32 页篇幅绘本的基本构型。

1 封面	2 空页	3 空页	4 前页[②]	5 扉页

6 左对页	7 右对页	8 发展	9 右对页，下同	10 发展，下同	11 右对页，下同
12	13	14	15	16	17
18	19	20	21	22	23
24	25	26	27	28	29

30 空页	31 空页	32 封底

如图所示，如果能够合理利用空页，12 个对页可以扩展成 13 或 14 个对页，但这并不太容易实现。你还可以从下图中看出，每个单页或对页（这个年龄段绘本中很常见），都应被处理为不同的

---

①　double spreads，另译作"双联页"，指两页共同连成一幅画面的排版方式。本书为方便行文，译作"对页"。——译者注

②　Prelim，空页背面一页，有时会印版权信息、书目、目录、致谢等信息，国内常用作版权页或致谢献词页。——译者注

场景,以推进故事情节继续进行。你可以把它理解为电影转场。我会先做个实体模型出来,这样方便勾勒变化,琢磨翻页后故事发展,比如在某一页上留下一个巨大悬念什么的。不要将模型视为儿戏哦。它能帮助你树立这样的观念:绘本的要义就是通过翻页来转换场景。操作起来很简单。拿出 8 张 A4 纸,把它们一一对折,就有了一本 32 页的本子。把你的故事填充进去。确保每个对页上都有一个全新场景。把它牢牢嵌在头脑中,根据模型来审视你的作品。

优秀绘本不只是写出来的;它需要逐渐建构,甚至不断生长。插画家们,比如天才的伊安·贝克(Ian Beck),都会做这样的实体模型出来。如果插画家们最终并不把你的分页建议当回事,那你也只能忍着。毕竟这肯定不是毫无缘由的。插画家会从与你不同的角度来看待绘本。而且,在这个阶段,书仍处在制作之中。你能有多少话语权,这完全取决于你与出版商的关系。一定要相信插画家能够把你的文字呈现为视觉形式。记住,他/她也是艺术家,只是与你创作的领域有所不同而已。

字　数

绘本种类繁多,从单页 1 字到单页 1500 字,各种篇幅都能适用。在低龄阶段,字数一般不会太多。我最近重读了我们全家都爱读的两套绘本:尼克·巴特沃斯和米克·英科彭的《贾斯帕的豆茎》,仅 92 字;米克·英科彭的《吉帕》,328 字。这两本书都属系列故事,也都非常恰当地被分到了同一"年龄"段(1～3 岁)书架上。如果你为低龄年段儿童所写的绘本总字数超过了 500,那你很可能错误地估量了读者高度。做好前期调查功课会帮助你认识到这一点。还是那句话,做好功课。明确自己要写什么。但是你也必须明白,字数少并不是僵化的教条。抓住孩子们——你的读者的注意力,这才是关键。

语　言

　　语言问题因书而异。绘本的目标就是用尽可能少的文字传达出完整连贯的立意。每一个字都要力求有用。尽量避免无意义的冗言碎语、节外生枝与滔滔宏论。每一个字都应推动故事向前发展。而且你要记住,绘本一定要讲故事。我知道出版社很可能会塞给你一大堆素材——这些东西与其说是为儿童写的故事,不如说更像是关于儿童的故事;这二者间的差异是需要你清醒认识的。而且,文字要为插图留出发挥空间。作家能给出的最好礼物,就是为插图留出发挥幽默的余地。我在写《老鼠石》时,就用了一个笑话作为结尾,然后又把它转赠给了乔治·霍灵沃思(George Hollingworth)。乔治或许会领我的情吧,但他领情与否又有什么关系呢?只要最终成品配得上为儿童写作所付出的心力就行了,孩子们值得我们尽心尽力。

　　要想实现图文平衡,文本就一定要留出空隙。文字力求简洁,且必须要做到单拉出来也能独立成篇。没有哪位插画家——不管多伟大——能够以图画掩饰行文的平庸乏味。字句简短明晰,这样图画才能赋予文字勃勃生机。同时,追求文辞简洁还有另一重原因:这些文字是会被人大声朗读出来的。

　　更为关键的是,绘本的概念本身是起着决定性作用的。概念对了,文字与图画便可顺理成章。不要误以为概念立意只能简单朴素。朱迪·威特的《小老鼠当心啊》(*Mouse Look Out*)曾获得过1999年度英语学会(English Association)的最佳绘本奖。但这个故事非常暗黑:出洞探索的小老鼠身后有猫暗暗尾随,而猫却没看到自己身后还有一条大狗。不要总觉得孩子们会畏惧充满挑战性的文本，能吓跑他们的只有糟糕的文本。

故事桥梁

如何令故事成为父母/朗读者与儿童间的沟通桥梁，正是绘本面临的最大挑战。

试着将文本想象成图画。以前看电影或电视剧时，你或许已经注意到，正在发生的行动并不需要由对话来进行解说。事实上，是画面与对话两相结合才创造出了整体的故事印象。绘本的机制与此类似。但是，一般而言，较为简单的情况下，情节线索与联系会更加清晰明显。

以萨莉·格林德利（Sally Grindley）和克莱夫·斯克鲁顿（Clive Scrutton）的《四只小黑狗》（*Four Black Puppies*）为例。故事很简单：四只小狗出门溜达，慢悠悠地探索周边环境。文字部分简单提示了小狗出门闲游时遇到的状况。而图画则为小狗故事创作了更加宽广的上下文背景，令故事变得丰满起来。你要思考的正是这种宽广的上下文语境问题。叙事文字"一个购物篮子掉了下来⋯⋯"几乎完全没有描述出四只小狗路过时房子周围的混乱场面——而图画正好补全了上述情节。

语境与概念都更加宽广的绘本，能让孩子们看到一系列貌似无厘头的有趣行为之间的前因、后果与逻辑联系。在《贾斯帕的豆茎》中，当贾斯帕种下豆子时，就算是完全没有种植经验的小小孩，也能将这一行为与植物生长联系起来。慢慢地，联系就会变得明确起来。在图片的配合下，浅显的叙述可以令认知能力发育期的儿童逐渐理解，只靠词语是无法讲述完整故事的。我要引用我曾在他处做过的论述："儿童理解的远比他们讲述或表现出来的多得

多，如果认识不到这一点，错误地对待儿童，最终很可能会对他们的成长造成不良影响。"（梅尔罗斯 2000:35）

同样，认知技能发育中的孩子，能够看到的也远比他们所能说出来的多得多，因此他们常常会对视觉形象有所反馈。孩子们看《四只小黑狗》时，并不会说"小狗可太淘气了"；但这并不代表他们就没看懂小狗有多粗心调皮。缺乏描述图画的语言表达能力，不该被等同于读不懂文本本身。

所以，请你努力寻找足够有力的概念。比如，找到一个能让孩子与现实经验相联系的故事，叙述克制简练，把最谐谑的部分留给插图作者。归根结底，这个原创故事仍是属于你的。

在故事层面上，针对这一年龄段童书创作，有一个很好的方法，即"三次原则"，比如《小矮妖》（*Rumpelstiltskin*）、《金发姑娘与三只小熊》（*Goldilocks and the Three Bears*）等。三次结构，对应着开头、中间与结尾，能够保证故事的高光段落从容展开。比如说，假如任务必须经历三次努力才能完成，那么故事也就能够一直保持吸引力；而且，前期的失败也能方便人物性格展现和故事情节推进。你的人物面对失败有何反应？放弃，故事就结束了；坚持，则戏剧性就有了。当然了，文字语词三次重复也能取得很好的效果，比如《三只小猪》（*The Three Little Pigs*）里的"我吹，我吹，我吹倒你的屋"。

你写完故事之后，请不断复盘，随时修改甚至重写。相信我，这是必须的！我在前文曾谈过制作实体模型。它能帮助我们明白，绘本翻页设计也是故事讲述过程的重要组成部分。大声朗读故事，这一点尤为重要。朗读能帮助你锁定疙瘩的文字、松散的头韵、别扭的节奏、粗糙的句子、脱线的逻辑与胡言乱语。我朋友的女儿，放学后带同学来家里玩，同学问道："你爸爸在干嘛呢？"女儿回答:"他在自言自语。"你也一样需要自言自语。在你改了又改之后,试着把故事读给别人听。或者最好能让别人把它大声读给你听。当你听到写在纸上的故事被人读出来,语音语调并非仅仅停留在想象中时,你会感受到巨大的震颤——这可是再好不过的一种编改练习了。

展 示

很有意思,我最常问的问题是:该如何把绘本文案展示给出版社? 我说有意思,是因为这应该是我们最后考虑的内容。如果你觉得自己有了一项绝佳创意,不妨再重新掂量掂量。之后,也只有在此之后,等你感觉万事俱备时,再去考虑该把故事发给谁。尽量对自己的故事有所把握。最近我还听到了一个绘本创意,作者为孩子们写了三十多年作品,且十分成功,但这次的故事创意完全不行。主要原因在于,故事聚焦某种校园时尚,但这个热潮在英国早就已经过时了。此外,由于绘本出版成本问题,出版商们不可避免地倾向于寻找更具有国际译介推广价值的作品。而前面提到的时尚热潮,固然也是国际化的,但它在全世界流行与过时的时间点大不相同。因此,在并非完全依赖于文字魅力的前提下,该绘本的销量相当难以预测。

关于插图,雪莉·休斯(Shirley Hughes)①的走红时时提醒我们:我们之中很少有人能同时拥有旗鼓相当的插画与写作天赋。你用不着非得自己给故事配图。你也用不着亲自去遴选插图画

---

① 雪莉·休斯(1926—2022),英国著名童书作家、插画画家。曾两度荣获凯特·格林纳威金奖。著名作品有 *Dogger*(1977),The Alfie 系列等。——译者注

家。假如你真能写出一个好故事，那出版商自会替你找到画手的。

向编辑展示绘本手稿时，我觉得发两个版本过去非常管用。第一个版本是分页版故事，但只给出故事梗概：

标题	绘本
第 1 页	封面
第 2～3 页	空页
第 4 页	前页：致谢献词
第 5 页	书名扉页
对页	
第 6～7 页	（文字）
第 8～9 页	（……）
第 10～11 页	（……）
第 12～13 页	（……）
第 14～15 页	（……）
第 16～17 页	（……）
第 18～19 页	（……）
第 20～21 页	（……）
第 22～23 页	（……）
第 24～25 页	（……）
第 26～27 页	（……）
第 28～29 页	（……）
第 30～31 页	（……）
第 32 页	封底

然后附上另一个版本，内中包括图画创意。图画说明需要用斜体字标注出来，让编辑能够一目了然。例如：

第6～7页（**丹尼看上去吓坏了，一只大恐龙正俯视着他。**）丹尼睁开眼睛，恐龙就在那里！

随着年龄阶段向上推移，孩子们的观念也在改变。在进入短篇小说讨论之前，我还想再多说几句，谈谈"绘本体验"，并以方便你自行想象的方式来稍做解释。如果我们能多看看悦己之物，那么也就能更好地找到悦人之法。但是，许多作者对此毫不在意。在思考第三方（比如儿童）之前，请试着回想一下你自己的"感知训练"，因为这种经验阅历能够同时联结起我们的所有感官。

我开始撰写本节的时候，是在寒冷的一月，清晨六点钟。我试着想象（做白日梦，或许吧）什么样的"绘本体验"，会让我这个大人觉得愉悦——至少能让我愿意把它印在这本书里。什么才能帮助我重温那种充满安全感的幸福时刻？寒冷的清晨六点，我满脑子萦绕着这样的思索，并准备跟你分享，希望它能帮助你把类似的体验融贯到有关儿童经验的知识架构之中。为了描述多重感官经验，我敲出了下面这些话：

> 我坐在花架下面，轻轻揉着脖子，缓解在电脑前写作了一整天的疲劳。我一手举着基安蒂红酒，另一只手里端着一小碗圆滚滚的黑橄榄。我摩挲着橄榄，却看都没看，因为我的目光被其他景象夺走了。我的手指碰到小碗，摸一颗橄榄，随便扔进嘴巴里，吐出果核，喝一口梅紫色葡萄酒。醉人的紫藤花在附近招摇，香气融进美酒，散发出巧克力、洋李子与香草水果的味道，冲淡了橄榄的苦涩。在我面前，圣吉米尼亚诺塔在托斯卡纳明亮的黄、红、橙色夕阳之下，映照出美妙的剪影。脖颈的酸痛已经伴着夕阳余晖消散了。天空幻化成了粉紫

色。天色尚早,萤火虫还没有出来,但蟋蟀的合唱歌声已然高潮迭起。在我身后,"Coro a bocca chiusa"①的歌声从音响中悠悠传来,却被一声尖叫打断:"快来啊,爸爸,咱们还去不去游泳了?"我站起来,闻到了锅里罗勒青酱的香味。晚餐之前游个泳,听起来确实也不错。

哎哟(就用咱们英国人的语气说吧),这也太装腔作势了,但请你也立即去自己写写看。这正是我们要讨论的问题。在这段描述中,影像、声音、味道、气味、触感与情绪全都备齐了。我希望你能从这段文字中意识到,"绘本体验"是一种多音复义的幸福快乐感——在孩子容易分神的年纪,用故事抓住他们注意力的亲子分享时刻。任何对感觉的描写(比如我那段)都无法取代体验本身。你的书必须成为体验的一部分。你不能仅仅把它视作阅读、聆听、观看或享受之物。它在抚育过程中所起的作用不止于此,而你应该用心铭记这一点。

　　你要记住,你正在为未经世故的孩子写作,他们能吃好吃的,看电视,白日做梦,喊人开乳酪罐,抓痒痒,在地板上踢漫画书,拒绝吃卷心菜,用勺子敲桌子,小口喝水,坚决不上厕所,自己改名叫杰尼龟(Squirtle),大叫大笑,还能眨眼之间就改了主意。那位身穿涤纶衣服的博学大师并不是什么外星恶魔。这就是亘古不变的童年(除了涤纶布料以外)。

　　回到本书主题。在认识到1～3岁年龄段的需要之后,我们现在接着看看2～5岁这一特殊年龄段,当然也会涉及低幼桥梁书问题。

---

　　① 意大利作曲家普契尼歌剧《蝴蝶夫人》中女主角的著名唱段。——译者注

蹦蹦期 2～5 岁	听读/朗读 绘本 桥梁书 简单分章童书 配套电视节目
跳跃期 4～7 岁	听读/朗读/自主阅读 绘本 桥梁书 简单分章童书 配套电视节目

在这一阶段,我们仍然会讨论绘本,你也会看到所需文本的特殊性质。在按高度阅读前提下,你仍然需要注意篇幅、语言,以及能够联通大朗读者与小聆听者或低龄读者的桥梁主题。请再次将故事仔细想清楚。抱歉又要重复,但这是必须的。

篇　幅

我们还是需要考虑这两个问题:页数与字数。

页　数

与上文一样,32 个单页,12～15 个对页,这个数据仍然适用。不过最近我也常被出版商邀请创作 48 页篇幅的低幼绘本。关键问题仍然是考虑每个单页、每个对页的不同场景呈现。黄金法则仍是保持故事向前发展。

字　数

这一年龄段的绘本字数要求各异。例如,沃克出版社(Walker Books)的出版指南要求篇幅在 100～3 000 字之间,兰登书屋(Random House)则要求 1 500 字封顶。在我的经验里,以 900 字为上限,是绘本字数的最优平均值。但是你的故事该有多长便写多长。只要故事完整,一根绳子那么长或是一个影子那么短,都无所谓。我正在写的 48 页绘本就是 900 字上下,这还是加上了附页的篇幅。当下对同一年龄组别(4～5 岁)儿童的学习要求是 600～1 200 字篇幅的读物。

关于字数问题,我还想多说几句。字数限制既严格精准又麻烦不断。最佳做法是先把故事写出来,等到修改阶段再去考虑字数问题。写初稿时,或许一眨眼就完成了,终稿却往往要耗去我好几个星期(我上一本书甚至改了几个月)。

记住戴安娜·金普顿的忠告:绘本不是小玩意,它是长话短说的大故事。

语　言

还是那句话,因书而异。但目标与上文讲的低幼读物还是一致的。每一种绘本都要尽量用最简短的文字呈现出完整连贯的立意。每个字都要力求有用。在这个“高度”内,故事的创作发挥空间会稍稍宽松一些。

你仍须避免无意义的冗言碎语、节外生枝与滔滔宏论。这些都会拖慢故事节奏。但你可以在叙事中增加一点抒情性、现实性或魔幻感。还有,要给插图留出补全文本内容的空间。只有文本预留出空隙,这个任务才能实现。

当然,还有一点非常重要:明喻、隐喻、省略、闪回以及过度依赖解释,这些在绘本体裁中是行不通的。绘本一定要写成实时状态!在这一体裁里,我从没见过闪回倒叙写法能奏效。记住这一点十分重要,因为孩子们就生活在实时状态之中。这句话我之前或许说过一遍了,但没关系。这件事值得反复强调。

另外几个小建议。请你自问,你是否曾在本该用图画讲述的部分选择了使用文字?再请自问,你是否在行文中改变过视角(因为你本不该这么做)?在《小熊睡不着》中,大熊和小熊的生活安排显然不同,但是文本中并没有出现视角转换。道理很简单,芭芭拉·弗斯(Barbara Firth)的插图承担了再现两个视角的任务(参见上文"视角"部分)。你需要了解自己笔下故事的本质。我常常会在作品中看到两个故事纠结缠绕。故事线一定是有力的、线性的叙事。最近我看到有人抱怨:出版商们常会拒绝绘本,并附上一封格式化的退稿信,说故事"不够有力"。抱怨者询问这究竟是什么意思。答案很简单:故事一定要是个大故事!正如罗伯特·麦基(1999:20)的论述:"好的故事就是全世界都愿意聆听的、值得讲述的事情。追寻这样的故事,正是你一个人的孤独使命。"身为作家的你,可以通过故事,不断完善你将要书写的世界。

还有,一定要了解不同年龄段儿童在经验阅历、故事主题与文化差异方面的需求。当你最终完成故事时,大声把它读出来,最好读给一位成年的朋友(孩子们,尤其是你自己的孩子,很难做出公允的评判)。然后再考虑下面这些问题:这个文本能行吗?读完要花多长时间?故事篇幅得当吗,太短还是太长?你可以把大故事长话短说。就算在幽默段子里,我们也很少会一口气说完900字。

小　说

短篇小说	跑步期 4～7岁	听读/朗读/自主阅读 绘本——1 500 字以下 系列小说——6 000 字以下 短篇小说集——1 500 字以下 配套电视节目

（续表）

较长篇幅小说	**竞跑期** 6～9 岁	**自主阅读** 短篇小说——2 000 字以上 较短的长篇小说——12 000～ 20 000 字 系列小说 小说集 配套电视节目
	闪避期 8～11 岁	**自主阅读** 长篇小说——20 000～30 000 字 系列小说
	远征期 10～12 岁	**自主阅读** 低年段青少年小说——30 000～ 40 000 字 系列小说
青少年小说	**起飞期** 12 岁以上	青少年小说——40 000 字左右

儿童小说——批判性视角

我们常会觉得儿童小说是最容易写作与发表的文学样式。当然了，体量摆在那里。从 500 字到 50 000 字的作品，都可以叫作儿童文学，我希望上面的表格对你能有所帮助。某些最著名的儿童文学作家能够依靠写作短篇而非长篇作品过上不错的生活。（但你不要指望能纯靠写儿童文学赚到钱。如果你的确做到了，那不妨把它视作意外收获吧。极少人有能力把儿童文学经营成全职工作。）当你动笔写小说时，不妨想想弗莱德·英格里斯（Fred Inglis）的话：

　　儿童小说家自创了一套写作规则，不承认这一点显然是无知的。这种发展是规则、权威、即兴、习惯、形式与调适等一系列复杂多样、隐秘内化体系的自然延伸,它塑造了成人给孩子讲故事或长谈的基本特点。(英格里斯 1981:101)

可以确定的是,一些被公认为儿童文学的早年作品,如《柳林风声》(*The Wind in the Willows*)和《珍宝岛》(*Treasure Island*),其作者在创作之初可能并未着意考虑到儿童读者。但是这样的疑虑现在早已不复存在了。除了极少数例外,当下的童书都是专为儿童所写,弗莱德·英格里斯说得很对,"规则"已经内化到了写作行为之中。但是,当规则内化到隐而不见时,它们也开始变得复杂多样起来,你一定不能放任其夺走你的创造力。好故事就是好故事;你只需要深思熟虑谁是故事的最大受益者就行了。我又要老调重弹了:把你的故事剪裁成适合目标高度读者的模样。一本写给 8 岁孩子看的好小说,很容易就会因语言晦涩(或过于简单)而功亏一篑。问题不在故事本身,而在于讲述的方式。当然,更不用说,主题也是需要你慎之又慎反复思考的重要问题。

　　但是在讨论儿童小说时,卷入"哪种文学"式的争论其实是没有意义的。在我这样的老派后结构主义学者看来,狂热加入这种辩论,其实与本书主题毫无关联。但我的确相信批评层面的共识能够令我客观地审视儿童小说,而且这也是你所需要思考的问题。客观视角会对你的主观态度有所助益。我同意罗伯特·利森的看法,他认为儿童文学

　　是一种特殊的文学体裁……其作者在家庭与学校中处于一种特殊的状态,他们不必直接参与抚养和教育工作,但能够自由地对其施加影响。这并不应导向不负责任——恰恰相

反。它关乎尊重，一方面尊重抚养者与教育者们的恐惧与担忧，另一方面尊重那些将一生奉献给儿童文学的写作者们的创作自由。我在同父母或老师——其中也包括我的批评者与反对者——的讨论中发现，这样的尊重是相互的。（利森 1985：169－170）

这种责任感也解释了为儿童写作难度并不亚于为成人写作的原因所在。为儿童写作其实更难，因为作者要考虑极多问题，尤其是请记住（我们也永不该忘记），孩子们易受伤害、易受影响且易受操纵，他们理应受到大人的保护。但是，这套评价标准在多大程度上适用呢？例如，我们如今仍然很难判断某部作品是否对儿童有害。下面我们就来详细谈谈这个问题。

比如说 C. S. 刘易斯[①]，几乎没有人会说自己被他的作品毒害了。刘易斯作为"厌世者、厌女狂、仇外分子、班级恶霸的个人历史，都有相当完备且令人沮丧的资料记载"（哥德维特 1996：223），而且这些争议至今仍未被充分讨论清楚。很显然，在阅读刘易斯作品时，意识形态立场是非常难以规避的。正如安德鲁·布雷克的观察：

> 虽然我们并不赞成刘易斯的政治观点，但仍会将其视为著名作家，而且还是一位广受孩子们爱戴的作家。儿童读者们很可能接受了……（他的）等级观与父权观，甚至会与主角共情，因为他们期望故事能够拥有完满结局。我们绝不能忽

---

① 关于我们是否应该阅读刘易斯的作品，较为公允平实的讨论，请参考布雷克（2000）。

视这一点。我们应当研究 C.S. 刘易斯的作品,分析他在学术、文学以及神学方面的保守主义,并更加清晰地理解他所处的时代。(布雷克 2000:53)

正如安德鲁·布雷克所言,虽然刘易斯作品仍然广受欢迎,也已进入学术研究领域,但是"即使是那些最愤世嫉俗或最具历史感的读者,也往往难以冲破刘易斯世界观的狭隘边界",他的作品主题"与当代见多识广、多元文化混合的英国或者说任何地方都毫无关联"(同上)。在这种情况下,我们研究刘易斯作品时,可以将其视作对某种令人厌恶且落后过时的意识形态的全景式文本呈现。这些作品在大众层面的持续流行,正说明他的核心思想——会对任何有一点自由观念的人造成冒犯——绝不应被视作约定俗成的共识,尤其是不应直接传达给儿童读者。

我会建议大家不要把刘易斯的观点视为理所应当。除了刘易斯的出版商之外,现在西方世界的出版业似乎都正在对他的不良观点进行纠偏。这也是目前行业内达成共识的规范做法。

新千年伊始,许多征象标明,近二十年间,作家与出版商对此类写作的零容忍态度,折射着文化与意识形态立场的转变。不仅如此,这种转变也在"儿童适合读什么"的问题上催生出了一种更具责任感的自觉。刘易斯无疑是一位风格与魅力兼备的实力派作家,但他将种族主义、性别歧视与鲜明的基督①辩护论杂糅到一起,形成了一系列惹人厌恶的奇诡悖论,而这些悖论放在今天的语

---

① 哥德维特(1999)认为,刘易斯的作品是对基督教的曲解。当然了,这仅仅表明哥德维特并不赞同刘易斯对基督教的看法。任何意识形态和宗教的首选文献读懂都不易。你要自行思考。

境下显然极为不妥。即使放在刘易斯本人生活的年代,他的观点也是争议重重,尼古拉斯·塔克就曾说过,"(刘易斯的)关于赎罪与复活的基督教信条有时会把情节推向残酷且不合逻辑的方向"(塔克 1991:100)。我深有同感。

但是,暗示当下的出版机构应当拒绝出版这样的作品,这其实也意味着 21 世纪的儿童读物正在经受着以自由主义为名的审查。这种审查并非来自严厉、专横的审查机构,而是源自文化进步——尽管我从个人立场出发使用了"进步"这个词,但它的确应当被视作进步,毕竟我们开始更加清晰敏感地意识到了那些会导致比冒犯更严重后果的争议问题。

坦率地讲,假如把刘易斯的纳尼亚系列放在今天,那肯定没法出版。这个假设或许在许多地区并不成立,但是我在欧洲和美国全都遇到过类似的情况。不过同样可以肯定的是,如果把刘易斯放到今天,他很可能也不会把它写成当年(二十世纪四五十年代)的模样。很简单,他思想中的种族主义、性别偏见、神学与专制等级观念,这一切都是时代的产物,(而且我们希望)其影响也只限于当年。即使最保守的人也一定会承认,我们的孩子不该挑战这样的作品,尤其是在他们还没有足够的经验阅历去思考质疑的时候。

尽管如此,这并不意味着你——身为作者——就可以忽略这些问题。我并不是指政治正确意义上的侮辱性言论,而是指我们应当始终保持创造性敏感:一个人的乌托邦很可能是另一个人的地狱;还有一点,这样的内容,如果我们过去能够接受,那么将来也能够并很可能会再次接受。因此,作家应当记住,我们要对自己的作品负责。我同意安德鲁·布雷克的看法:刘易斯这样的作家应当被充分研究,只有如此,其中的观念才能得到当代化修正。我也同意他的另一个观点:"研究……将会揭示出:一位作家的持续成功,常会被痴迷于乌托邦的自由主义和左倾文学观念视作不合时宜的时代错误。"(布雷克 2000:59)显然,刘易斯作品的流行指出了一个持续性的问题。不合适的内容一定要在写作时就准确锁定。不需要通过追溯性的学术研究,就应当在为时太晚之前便揭露出道貌岸然的伪饰恶行,因为对于儿童来说,为时永远都太晚。虐待可并非仅限于身体淤青,在你为这些易受影响的孩子们写作之时,请你务必时刻提醒自己这一点。

我没法告诉你该写什么。我也没法要求你写我喜欢的内容。这需要你摸着良心思考,什么样的写作才会有助于建构一个充满道义责任的、多元化的社会。请铭记在心,当你提笔写作时,你已经比读者虚长了好多年。你拥有分辨胡诌与真实的经验,也拥有过滤恶意与自身偏见的批判能力。

但是正如前文所述,审查意味着权力与管控。就我所知,道德多数派的危险性与文化革命论不相上下。并且,需要补充的是,我绝不会倡导禁止出版刘易斯这样的作家作品。在刘易斯看来,儿童故事是传达作家话语的最佳艺术形式,因此,他或许也明白,他正在把这些争议重重的问题灌输给无法与其论辩的读者们。作家要说的"话语"或许愚昧可恶,但是焚书也早有前车之鉴,这一点我绝不会宽宥。正如安德鲁·布雷克所说,在成长过程中,最好让孩子明白故事的经纬线中可能潜藏着道貌岸然的恶德,只有如此,未来的作家们才能够对作品中的隐含意蕴有所警醒。而且,我们这些成年人,不应该在对孩子的需求一无所知的情况下,便自以为满足了他们的一切愿望。反之亦然。大人身份并不能保证你的观点永远先验正确。身为作家,你有义务牢记这一点,你也未必总能践行无碍。没有人永远正确。但是如果我们在写作中能够保持创作敏感(梅尔罗斯 2000),或许正确的几率就会更大,这显然也是我们应当追求的方向。

　　我不相信创造力能够或应当被某种意识所压抑。我选择以刘易斯为例，原因有二。第一，他知道自己在做什么，一切尽在掌握之中。第二，他的作品被大人们所盲目推崇，而这种盲信是值得商榷的。比如说，认为基督教前提就一定是健康向善的，这本身就是一种时代错置。这也正是需要我们详加审视的问题，我不会因此而感到不安。在《拉塞拉斯》（*Rasselas*）中，塞缪尔·约翰逊（Samuel Johnson）写道："不要急着去信任或爱戴那些道德教师：他们说话好似天使，但他们行事一如凡人。"这句话值得我们引以为戒。假如我们不希望为毫无防备、易受伤害的读者反复制造时代错位的、不合时宜的文学作品，那么这一点便极为重要。网甚至可以铺得宽一点。我最近听说尼古拉斯·塔克和杰克·赛普斯这两位著名儿童文学评论家，就"哈利·波特"系列中的性别歧视问题①进行了讨论。尽管赛普斯在辩论中的夸大其词令人观感不佳，但暗示作品中存在性别歧视的观点显然更加站不住脚。"哈利·波特"系列中的哥特式古老校园是有些复古的，在这样的故事中，确实容易潜藏某些性别歧视因素。这套作品固然对某些特定性别问题有所依赖，但这也正是现实生活的反映；若想在作品中保持足够的现实感，就不该将其一笔勾销。我也确信，哈利·波特是无法过分挑战这种性别偏见的。况且，小说中也不乏强大的女性人物等着他去逐一面对。

　　尽管展望了追寻新儿童文学自由主义，但我刚刚读完安东尼·霍洛维茨（Anthony Horowitz）的《风暴破坏者》（*Stormbreaker*），书

---

　　①　参见 BBC Radio 4 节目中劳里·泰勒（Laurie Taylor）、杰克·赛普斯与尼古拉斯·塔克关于"哈利·波特"中相关问题的讨论，2001 年 2 月 28 日。

中那些浑身洋溢着种族主义刻板印象气息的反派——希罗德·赛尔(Herod Sayle)及其同伙,似乎带我回到了那个不太多元的旧时代。一如尼古拉斯·塔克,我觉得儿童对这种主题的兴趣可能比我们成年人所理解得更为复杂,这个论题值得我们另写一本书来仔细分析。我的看法已经表达得非常明确了。小心谨慎!正如我在另一本书中曾写道的:

> 把故事……粉饰成……一个莫名其妙、考虑不周的道德训谕,并强加上大团圆结局,这简直就是弄虚作假。正如前文所述,它跟机会主义一样糟糕透顶,而且很容易被无知地曲解……知道与自以为知道如何令故事真实可信,这并不是一回事。立意好并不一定意味着故事好。(梅尔罗斯 2001:36)

忽视这个问题,与缺乏判断力同流合污,就意味着抛弃了一切道德责任。对于以粗暴宣传方式呈现出来的思想内容,我们不能一概简单地拒绝去谴责。即使从这个小例子中,也能清楚地看到,你可以写任何你想写的古旧内容,但你也的确需要认真想想这些故事是否适合给孩子们阅读。这一点怎么强调也不为过。(比如说)刘易斯的成就不应该遮蔽掉他作品中的缺陷,而大多数儿童读者年纪尚小,其经验阅历还不足以看清这一点。在写作中,这正是你必须思考的问题。

思考道德主题是一种颇为有趣的锻炼。比如说,关于童话、童话作为故事的传统用途以及我们与童话的关系,这些问题都已做过充分研究。我们就以"小红帽"故事为例吧。这个故事多维又复杂。有人将之解读为警告来过月经初潮(以小红帽作为象征)的少女不要贸然进入森林,在那里她们可能会遭遇大灰狼。但这显然把故事简单化了。它也可以解读为"男性对女性以及男性自身性诱惑的恐惧……对性冲动的限制与约束,在资产阶级文学童话中以剥夺男性性需求的方式得到了充分呈现。小红帽被强暴只能怪她自己"(赛普斯 1997:81)。换句话说,小姑娘应该知道最好不要把自己暴露在兽性大发的男人面前。但是,如果把这样的观点照搬到小说中会发生什么? 比如说哈代(Hardy)的《德伯家的苔丝》(*Tess of the D'Urbervilles*)里的苔丝该如何解读? 她被父亲大大咧咧地打发前去寻找家族荣光的时候,她能期望什么? 哈代这样写苔丝离家时的状态:

> 她穿上白色长裙……蓬蓬的衣裙,衬托着浓密的秀发,令她显出了与年龄并不相称的成熟丰满,她还是个孩子,看上去却已俨然是成年女子了。(哈代 1983:52)

如同小红帽一样,她穿着不同寻常的衣服进入了森林。而回家的时候她已有身孕,这也引出了小说中最为悲切的一段文字:

> "哦,妈妈,我的妈妈啊!"痛苦的女孩哭喊着……"我怎么会知道这些啊? 四个月前离开家时,我还只是个孩子啊。你为什么不早点告诉我男人有多危险? 你为什么不警告我啊? 小姐们知道怎么保护自己,因为她们读过小说,里面讲过这些花招诡计;但我可从来没有过这样的学习机会啊,而你也没有帮过我。"(同上:87)

正如哈代的呈现,罪责问题令人担忧。更别说,男人真的会从小说中学到教训吗? 说哈代写出了文学中最令人不齿的男性角色,这当然是一种个人观点；假如有人觉得自己可以为亚里克斯·德伯维尔和安琪儿·克莱尔辩护的话，我也愿闻其详。而在文本中，哈代对小红帽的解读也是非常含蓄的。

可怜的苔丝，假如她听过小红帽的故事该多好，更不用说那些她认为自己早该读到的小说了。[是的，在这里我们能看到笨拙的作者干预行为。否则她怎么可能知道自己从未读过的小说里写了什么呢？当然了，一个世纪前的理查德森（Richardson）的作品《帕米拉》（*Pamela*）和《克拉丽莎》（*Clarissa*）或许也能有所帮助吧。]关于小红帽与苔丝所共同遭遇的女孩被强暴问题，哈代笨拙的解释出现在《德伯家的苔丝》中《少女》（"The Maiden"）一章末尾，以及《失贞》（"Maiden no More"）一章开头。他强调了几百年来野蛮行为所导致的情况必然性，但这种说法其实并没有说服力。哈代给年轻女孩们上的这堂课，显然值得商榷。哈代也承认这一点，但是在余下的300页文字中，他仍然没有给出结论，而只是反复暗示，苔丝（小红帽）被强暴只能怪她自己。这句话怎么这样耳熟？虽然我们可以随随便便地将其视作纯属虚构的故事，但是其中的潜在话语与竭力辩护十分值得重视。哈代笔下的苔丝，正如小红帽，被自身过分的性感害惨了，这种判断暴露出了相关文化语境对男性性主导权的接受与认可。与刘易斯的问题一样，我们不能对自己作品中的隐含内容视而不见。写作务须谨慎。

但我对C. S.刘易斯的下列看法还是同意的："成年之后，我就放弃了孩子气，包括对幼稚的恐惧与对长大成人的渴望。"（刘易斯1966:25）正如我在本书引言中说过的，在弗洛伊德视角下，所有为儿童写作的作家都应意识到作品中的游戏特质。

尽管如此，刘易斯在讨论上述观点时，还曾说过，"我真想把这句话立成正典信条：只有孩子才爱读的故事一定不是好的儿童故事"(刘易斯 1996:24)。彼得·亨特对此评价很中肯:这种谬论直接忽视就行了。儿童文学能够也应该让成人读起来也毫不尴尬,这固然没错,但是假如儿童文学成了大人心智的试金石,那我真会感到十分遗憾。有许多比纳尼亚传奇或哈利·波特系列更好的作品供成年人阅读,但孩子们的喜好,远不该由我这个成年人来随意质疑。作为批评家,我可以指出问题所在,可以推荐替代方案,但喜好的种种理由归根结底是属于孩子们的(只要他们不是被错误理由导向某部作品就行,虽然这种情况也常常发生)。但作为作家,你的任务是要保持创作敏感。我不是要扼杀创造力,而是希望你能够对自己作品中的导向问题保持警觉的态度。不要总觉得自己奉行的意识形态就是唯一正确的选择,请记住,你正在为那些极易受人影响的小读者写作。重温罗伯特·利森的箴言"你当尽己所能,让故事配得上读者",我们会发现,这是把问题过度简化了,你还需要认真思考你要讲述的故事。正如彼得·霍林戴尔(Peter Hollindale 1988:22)所说:"我们所谓的'意识形态'……是十分鲜活之物,我们应该充分了解它,一如我们应当了解自己……因为它正是我们身份的一部分。"保持创作敏感,儿童读者期待着你!

　　本部分主讲小说及其写法。我认识的作家们(除了极少数例外),几乎人人都想要写小说。为何会这样呢?从逻辑角度思考,或许是因为事实(在某种程度上)就是事实,而情感、关系与冒险却是永远变动不居的。儿童会对什么感兴趣:房子,还是房子里面发生的怪事?田野,还是生活在田野里、演绎着真实人生缩影故事的老鼠家族?飞过天际的直升机,还是开着直升机追逐间谍男孩汽车的陌生人?旷野中的骏马,还是把骏马驯服的神奇男孩?墙上的镜子,还是镜子里异色眼眸的倒影?魔力飞天滑板车,还是飞翔本身?

有两种确定读者年龄阶段的方式:一种是先写故事,再看它适合哪个年段;另一种则是先确定目标读者群体。但请记住,你所要写的始终应是作为抚育经验的故事。在为青少年创作的小说里,出现诅咒、死尸、性方面的些微暗指以及粗话脏话什么的,我会毫不犹豫;但是如果目标读者是 8 岁的孩子,那我就会极力避免此类内容。而且故事本身就应当有内容上的本质区别。这两个年龄段的儿童截然不同,他们的所知之物、他们观照世界的角度都大相径庭。

我不打算对下列备选多做解释。你应当对自己的领域有所研判。但一般而言,下面这些故事题材适合全年龄段儿童阅读:

- 神秘
- 冒险
- 动物
- 精怪
- 科幻
- 恐怖
- 校园
- 奇幻
- 神话传说
- 历史
- 幽默

当然了,一部小说可以同时融合多种题材。精怪幽灵故事里加点黑色幽默,比如死去的猫咪其实仍然健在(真的吗?),这简直再好不过了。还是那句话,明确你想写什么,然后做好背景研究。我的一位朋友,想把她的故事主角塞到警察局牢房里,但又不知道牢房究竟长什么样。于是,她们当地警察局就真把她关进监狱里做研究了(其实我觉得她还在里头——孤独与一天三顿牢饭对她的写作有益无害,尽管她看上去有点像本·古恩①了)。我又跑题了。上面的题材列表不是绝对的。出版热点永远在变。你可以看看最近哪种题材正当红。我"暗访"了一个在线儿童文学写作聊天室,里面最有意思的话题就是作家该如何做背景研究。

前面几章我们已经详论过小说写作。你应当知道,写作并无边界,但也正如前面所说的,如果你想写的作品充满争议,那就要做好因此而被审查与被拒绝的准备。当然,最重要的——故事一定要是个好故事。而在这个时代,比一般水平强一点,显然还不足以打动大部分出版商。

短篇小说

短篇小说	跑步期 4～7 岁	听读/朗读/自主阅读 绘本——1 500 字以下 系列小说——6 000 字以下 短篇故事集——1 500 字以下 配套电视节目

这里的参数非常清晰,因为孩子的"阅读年龄"与其经验阅历是大体一致的。4 岁的孩子仍需要听父母读故事,尽管他们这时已经开始学习朗读故事,甚至开始自己挑选读物了。但是,等到 7 岁时(假如读写能力能够顺利地按部就班发展),孩子们就可以独立阅读篇幅较短的长篇小说了。这是一个能力迅速发展的阶段。

---

① Ben Gunn,英国作家史蒂文森小说《金银岛》中的人物,被抛弃在金银岛上生活了三年,形同野人。——译者注

朗读书

　　这种类型包括较短的长篇小说或短篇故事集。文字部分仍然比较简单，类似绘本，但允许稍微复杂的表述，可用于讲述故事的词汇量也有所增加。但是不要被扩大的词汇量误导了。如果你仅仅用毫无意义的描述或延宕填满文本，那你的故事真就会变得毫无意义。请看下例：

　　　　乔在床上躺了很久。他在做计划。今天是周六。不用上
　　学。乔不想把时间浪费在无所事事上。他有点想去游泳。又
　　觉得或许也可以去看电影。应该能玩得很开心吧。乔伸伸懒
　　腰，打个哈欠。"这计划不错，"他说。

等到乔起来行动的那一刻，这一天恐怕都过完了。你必须得把他弄到外面去动起来。

　　　　"好！"乔嚷起来。"周六啊，就该游泳。来吧，爸爸！起来
　　吧，该走了！"
　　　　"啊？"乔的爸爸打着哈欠。
　　　　平常上学的日子，爸爸都很难把乔叫起床。然而星期六
　　早上，乔却等不及便自己起来了。

不要犹豫，直奔故事主题。我们来看看文中语言的日常感："啊？"代替了"早上好"，"等不及"代替了"无法等待"，这样的写法透露出一种孩子们喜闻乐见的现实感，即使在奇幻题材小说中这样写也是可以的。不用担心语言精确性问题，只要语法大体正确即可。

我希望你能分清二者的区别。拎不清的大有人在,甚至超乎你的想象。当然了,孩子们的文字常常出现语法错误。他们可以找借口,但为他们写作的你则不可以。而且,出版商看到你文不从字不顺的稿子,可是会直接退稿的!

朗读书一般也会鼓励孩子来朗读。因此,你需要将其放在真实情景中进行思考。假如你从未听过5岁孩子读书,那你是不是该去听听了? 儿童的阅读与词汇技能都处于发展阶段,理解能力亦然(尤其是判断与推理能力),后者甚至可能刚刚萌芽。

章　节

这是新晋小读者们最钟爱的奖品。那种成就感太强烈了,我能理解,但是章节一定要做好规划。举个例子。假如你在写的作品是5 000字上下,那你一定要事先设计好各章长度。保持简短且连贯。第一章2 000字那么长,其余四章又草草结束——最好不要写成这样。平均分配全书各章:比如说,5 000字能妥妥当当地分为十章,尽管一般写成七八章就可以了。这里没有什么铁律,只有常识。

做展示时,你的书看上去真的像一本书吗?

为这个年龄组别写作时,保持故事情节始终向前推进是十分重要的。这时,短小章节就有了用武之地。故事一拖沓,小读者/听众立刻就跑光了。叙事的高潮安排必须要有策略。扣人心弦的章节末尾,许多"意外"突然发生。试着把每一章都想象成电影中的一场。假如其中没有冲突,那这一章或许本就不该出现。另外,故事还需要保持一种即将有事发生的紧迫感,这样才能抓住孩子们的注意力。但是这事必须要值得读者等待,请你至少确保自己知道它究竟是什么。

对　话

对话对文本而言也极其重要。儿童会努力用语言描述他们眼中的世界,而描述正是他们所必须掌握的一种认知技能。对话有益于读写,但是一定要注意文字选择与语言问题。另外还要注意背景。孩子生活在实时状态中,在为这个年龄组别儿童写作时,你最好令作品显得真实可感,就算主角是恐龙也不例外。选择能唤起熟悉感的情节。就算是声名显赫的宝可梦(Pokémon),也拥有能够折射现实的故事线。

视　角

视角很关键。第一人称与第三人称限知视角,都是这一年龄组别童书写作的首选。第一人称常因种种误解而遭到忽视,其实在经验老到的作者(比如"迪利"系列童书作者托尼·布莱德曼)手里,它会令朗读童书的孩子感到十分新鲜有趣。恐龙迪利因为太可爱了,所以不太受人欢迎;而"迪利"系列却因为写得太好了,所以大受欢迎。

情　节

你的故事要有开头、中间和结尾,情节虽然简单到只能容得下一条微弱的情节支线,但是故事的文学质感可以比绘本稍稍复杂一点。在铺开情节时,还有许多问题等待着你认真思索。比如:
● 你的故事节奏合理吗?你一定要保证故事不断发展。不要拐弯抹角绕着写,不要横生枝节,也不要过度沉迷于某个情节。故事一定要向前走!
● 接下来几页值得读者继续翻吗?在精彩的开头之后,当故事进入平缓松弛的中间部分时,你确定故事果真在按原初的设想进行吗? 我们都体会过那种内疚感:本应引领故事,却常被故事牵着跑。这时你的情节结构图就可以派上用场了。

● 人物数量是不是过多了? 你需要他们所有人吗? 他们全都能推动故事发展吗? 假如不能,那他们还有存在意义吗? 古古怪怪的小角色真的太容易岔进故事里了。

● 你的故事是展现性的,还是讲述性的?“展现非讲述”的问题永远存在。

关于最后一条,我来举两个例子(第一个是讲述性的,第二个是展现性的)。

　　汤米(Tommy)有点不舒服。妈妈让他上床躺着。这才只是早晨,汤米就已经感到无聊了。他读完了所有漫画书,又打了会儿游戏。现在已经无所事事了。

　　“但是为什么非要我在床上躺着啊?”汤米问道。

　　“医生说你要多休息,”妈妈回答。

　　“但我觉得好多了。真好多了,”汤米说。“而且,一天都躺着也太没意思了。我就不能起来一小会儿吗?”汤米把羽绒被蒙到头上,尽管他已经够暖和了。

　　妈妈冲汤米皱起眉头。“你怎么会没意思啊? 我给你买了新漫画书啊,还拿了游戏机过来。”

　　“就只有这些啊,”他回答。“漫画我都读完了,游戏也打腻了。”

　　可突然间,从羽绒被下,汤米看到花园里发生了一件怪事。

区别很明显,我希望你也看出来了,后者效果更好。这里的经验法则很简单:展现而非讲述,保持故事一直前进。如果故事停滞不前,即使只有片刻,你也需要做出删减。一定要毫不留情,几行文字而已,删了你也能再写。而且假如删掉的文字特别出色,那或许你还能找到机会把它放到别处。

你可能已经注意到了另一个问题,即对话语气的拆分。上文中每句话都简单、尖锐且直奔主题。之所以如此,是因为故事需要从这一最初的情境设定中延伸并逐渐发展成型。

你还需要注意的是"分支"(branching,分句)问题。这个词本来是用于描述句子的复杂结构的。在左分支句型中,关键信息出现在动词或主名词之前;而在右分支句型中则出现在其后。[①] 以上文为例:"汤米把羽绒被蒙到头上,尽管他已经够暖和了。"这是右分支,一般认为这种句型较易被儿童理解。如果改写成左分支,句子就变成了:"尽管他已经够暖和了,汤米还是把羽绒被蒙到了头上。"知道这一点非常有用,尤其是当你为低幼年段教育类图书出版商撰稿的时候。

虽然这里说的故事书已经不再是绘本了,但是依然允许加入插图——大部分是我们常说的黑白线条画。插图的目的是帮助儿童理解文字,并实现从绘本向文字作品的过渡。但与绘本不同,这里的插图不应代替文字进行补充描述。

还是那句话,不要自以为懂得孩子的需求与渴望。我最近在读一套适用于准儿童文学作家的出版"指南"。他们还真是直言不讳:"我们一般不会对基于熟悉事物或背景创作的角色感兴趣……松鼠桑德拉、拖布头莫莉、垃圾桶达斯蒂……超市手推车家族总有

---

① 关于这个术语,我主要引用了亨特(1999:178)。这本书特别实用。

点儿老套。"出于某种原因,认为这样的人物设计适合本年龄段儿童的观点仍然非常盛行。不要总是认为儿童文学就一定是幼稚的。我们都有可能被呈现得非常幼稚,这是另一码事;但儿童文学本质上是为儿童而创作的成熟作品。

关于"指南",最常提到的仍然是一位国际出版家说过的格言:"请对自己的作品严加挑剔——它当真够好吗?"研究研究再研究。我认识的每一个作家(不管他们为谁写作),都是技艺娴熟的研究者。

较长篇幅小说

较长篇幅小说	竞跑期 6～9岁	**自主阅读** 短篇故事——2 000字以上 较短的长篇小说——12 000～20 000字 系列小说 故事集 配套电视节目
	闪避期 8～11岁	**自主阅读** 长篇小说——20 000～30 000字 系列小说
	远征期 10～12岁	**自主阅读** 低年段青少年小说——30 000～40 000字 系列小说
	起飞期 12岁以上	青少年小说——40 000字左右

在这一领域,你面临的最大挑战就是理解每个年龄经验组别的需要。我们还是要重复那句老话:做好研究。唯一的变化就是故事、语言与主题更复杂了,这些都需要你自己通过调查研究来不

断摸索。从字数要求即可看出，边界几乎已经没有了。写法也是如此。我们需要新鲜的、令人振奋的新想法。问题只在于如何让想法发展成故事。如果你已下定决心准备进入这个近乎不设限的创作世界（希望你还记得本部分开头批判性引言中我谈过的观点），那么就让我们来一起看看故事讲述过程中将会遇到的那些重要问题吧。

针对这一年龄组别，写作中最应避免的就是日常生活的琐碎常识。但即使最微弱的火花也有可能点亮故事。用不着大动干戈，只是注意别让故事陷入平淡老套。我们就拿"展现非讲述"做个例子吧。我的故事非常简单，围绕一个热衷运动却不擅长的男孩展开，先"讲述"，后"展现"。

汤姆（Tom），14 岁，将近 6 英尺高，运动员身材，对体育充满热情。但他并不擅长运动，这就有点成问题。现在他根本就没有机会来提高了。

"你多大了，汤姆？ 13？ 14？"

"14，先生。"汤姆说，有点不好意思。

体育老师又对他上下打量一番。"你体格可挺像运动员。那为什么没当上呢？"

汤姆以前就被这样问过，答案只有一个，且是他不愿给出的。他什么也没说。

"你想当运动员吗？"体育老师问他。

汤姆当然想了，比什么都想。"想啊！"他说。这可是头一次有人这么问他。大多数人都只是表示失望而已。

"好，那我就来助你一臂之力吧。"

　　汤姆开心得简直晕头转向了。

汤姆一辈子都被人当作仿佛长了两只左脚的笨秧子,但现在他(以及读者)终于看到了一线转机。他的人生将会改变,一个丑小鸭变天鹅的经典故事呼之欲出。小说中间部分需要着力的内容,就是人生本身面临的挑战。任何角度都可以写,现实主义、奇幻、科幻、幽默,每一种故事讲述方式均可,甚至非虚构也行。(我特别不喜欢用"纪实文学"来指称这种写法,你也应如是。这个只图省事的新闻术语,除了方便偷懒以外,在词源学意义上甚至都说不通。)我们可以思考一下,因为尽管有时小说中的某些批判性描述会令我们感到绝望,但它其实非常简单。布鲁诺·贝特尔海姆曾经写道:

> 自古以来,无法穿越、令人迷失的森林,就象征着我们心灵深处那黑暗、隐秘与难以捉摸的无意识世界……在黑森林里,童话中的英雄常常会遭遇我们心中希望与焦虑的造物——女巫——谁不想拥有女巫的魔力……用这魔力填满一切欲望,占据所有梦寐以求的珍宝……? 谁又能不心怀恐惧,担忧别人获得这样的强大力量,并以此对付自己?(贝特尔海姆 1976:94)

想想吧! 这不正是优秀儿童小说的本质吗? 得到权力或与暴权做斗争。把森林想象成对广大故事空间中所潜藏之物的隐喻。然后再想想必然性。这片隐喻森林可以是我们喜欢的任何事物。比如,罗伯特·路易斯·斯蒂文斯的《金银岛》,我们会被第四章《航海宝箱》中的惊险意外所深深吸引。船长去世后,吉姆到处寻找那把钥匙:

"可能在他脖子上挂着,"我妈妈出主意。

　　强忍着恶心,我撕开他的衬衫领子,那里果然有一条油腻腻的带子,我用船长的弯刀把带子割断,拿到了钥匙。(斯蒂文斯 1987:27)

这把钥匙打开了整部《金银岛》故事,隐喻性地引领我们进入了冒险丛林。这把钥匙也打开了通往权力与财富之路——尽管滥用暴权的危险也潜伏其中。而且找到钥匙的写法多棒啊——在此之前,我们已经听到了许多老弗林特(Old Flint)部下的故事:"本葆将军"(Admiral Benbow)客店、船长、海盗比利·彭斯(Billy Bones)、黑狗、黑牌、瞎子乞丐、死人之债、死亡威胁与弯刀,当然,还有死亡本身①。

　　弗洛伊德帮助我们认识到了刺激我们读与写之物,即使它有可能血腥暴力。它是有关森林的知识,是令我们既恐惧又兴奋的知识。它面对着前所未知之物。正如前文所述,一个故事转向冲突与诱因事件,从而把因果关系导向另一场潜在的冲突。在吉姆发现钥匙之后,他的人生就永远改变了,但在故事里吉姆还有一段路要走。弗洛伊德在他的论文《论神秘与令人恐怖之物》(弗洛伊德 1990:335 - 376)中,谈到了这种冲突的可能性,并讨论了德语中的一个特有词 Unheimlich②。弗洛伊德认为,令人恐怖[也就是不同寻常的(unhomely)]并不是"寻常"(homely)的反义词,而是指隐秘、压抑之物。我们在日常生活事务中所习以为常的,就是寻常的;我们竭力压抑遮蔽的,就是令人恐怖的、不同寻常的、潜藏的

---

① 以上皆为《金银岛》中的人名、地名与情节。——译者注
② 令人恐怖的。——译者注

棘手问题。但是,这种令人恐怖之物会推动小说情节变化。比如说,假如我们感觉有遭遇麻烦、暴力的危险时,那么可能极少会有人选择凌晨走出家门。可能性固然存在,但我们会压抑并克制自己,以保证生活能顺利继续。当然了,压抑的程度自有等次分层,本书不是心理学论著,我仅以此举例而已。在写作时,我们应当思考我们所压抑之事。这条原则既愉悦又恐怖。大部分情况下,极端情绪与事件会被包容到日常生活之中,但是在小说里,它们是推动故事发展的情节催化剂。

我们了解自己的恐惧与兴奋之物——它可能是同一种东西,也可能截然相反。如同孩子,我不怕高,我喜欢登高,但是我害怕(比如说)坠落时受伤。因此,假如我把人物写到了悬崖之巅,那我会对即将发生之事有所预料,我的小读者们想法肯定也与我一样。他会掉下去吗?他会被人推下去吗?

杰奎琳·罗斯在论及故事进程时曾写道:"儿童小说将儿童设定为故事进程的旁观者,其目标很直白,就是要将儿童吸引到故事当中。"(罗斯1994:2)但是我们仍然会读下去,探索吸引我们的究竟是什么。这就是儿童小说中悬崖效应(cliff-hanger effect)的理论基础。但即使是儿童,他们所感到兴奋、刺激、有趣甚至害怕的,也应当是已知之物,而非未知,后者从字面意义上指的就是我们所不知道的东西。对未知进行介绍,目的是让它变成已知之物,也就是变成经验世界的一部分。但是我很难接受这样的观念:隐含读者会在不知不觉间变得十分轻信,因此也更易被糊弄过去。事实正好相反,作者充分了解隐含读者的需求,才能真正抓住读者。一个吓人或刺激的故事,对于儿童来说,只有在其知识范围内才令人害怕或激动人心。作家知道这一点。而孩子们是不会对自己所不知道或不曾听过的事物感到刺激或惊恐的。除非有过亲身经历,否则孩子们也绝不会学到教训——但愿孩子们不用把小说中所描述的一切都经历一遍。因此,即使是故事中的"活过"(lived-out)体验也是有效的。正如弗洛伊德(1990:372)所说:"文学作品中的令人恐怖之事……是比日常生活里的恐怖更肥沃的一片园地,它包含着并超越了后者,它在现实生活中鲜少得见。"你,身为作家,将要为孩子们创造这种"活过"的体验。这些"现实生活中鲜少得见"之事,归根结底还是要看上去像是生活。你要把读者带到他们经验世界的悬崖边缘,引领他们看向未知,只有这样,未知才终能成为已知。

尽情书写奇幻的、精彩的、刺激的、有趣的、火花四溅的、惊心动魄的、迷人的、亲密的、陌生的故事吧。带着你的故事(还有读者)遨游世界,在那里,一切关于我们生活世界的预设和认识都将迎来挑战;狡黠巧妙地避免将故事和盘托出,等到诸事万全再讲出结局;让读者知道你将会把前所未有的体验呈现给他们;戏弄他们,逗引他们;然后,当你引领我们在充满魔力的叙事中悠然畅舞时,请以巧妙、温柔、纤细、精致与令人餍足的结尾让我们大吃一惊吧。

事实上,这本书已经带你进入了这样的创作领域。你可以回头重新再读一遍第一章。其中关于故事、人物、视角、情节与对话的内容都与本部分密切相连。但就每一年龄组别的童书而言,还有一些具体的细节、线索与提示需要你多加注意。

竞跑期 6～9岁	自主阅读 短篇故事——2 000字以上 较短的长篇小说——12 000～20 000字 系列小说 故事集 配套电视节目

你的小读者此时开始脱离亲子共读/自主阅读书目阶段,向更加复杂的作品进发了。我们要讲的还是**大故事**,但篇幅可以比绘本有所加大,词汇量与句法结构则不宜过分超出初读者能力。

　　一般而言,这一阶段的童书要讲述连贯的、线性发展的故事,有清晰明确的故事线、最为简单的情节支线以及一个宏大设定——远征探索、疗愈恐惧、逃离霸凌、解决迷案等等。故事设定至关重要。读者不再是小小孩了,他们已是具有理解能力的人,分得清正误、历史、时间、空间及其他。同时,他们也开始意识到自己喜欢什么了:芭蕾、足球、幽默、马、自行车、探险、度假、行动、变化,诸如此类。你可以再做做书店目录调研,不是为了刻意模仿或戏拟,而是为了了解孩子们的喜好。书店里常常出现的情况,不是成年人在精挑细选图书,而是孩子们喜欢买什么、买了什么或者爱读什么。

　　较短篇幅的长篇小说,在复杂程度、主题以及语言方面可以呈现出多种面貌。这一点调研起来很容易,只要去大型书店逛逛,就能掌握海量资料了。主流出版社几乎都在寻找新鲜故事:以有力的、充满想象的、原创的全新声音所写下的作品,那闪耀着激情与想象力的文学世界,能够令读者迫不及待地一口气读到最后一页。不要总想着模仿他人,那是绝不会成功的。

　　如果有人劝你,"小马故事、科幻小说,还有陷入平行世界的奇幻故事,这些题材早都过时了",那么你最好尽量把这声音屏蔽掉,专注于你要写什么、为谁而写以及要传达的立意。讲得精彩、写得讲究的故事,终能破局。话说回来,谁会预料到,一个以(老掉牙的)巫师为主角的亚哥特风校园故事居然能风靡全球呢?当然,"哈利·波特"系列就做到了,因为它故事出色、讲述精彩。

　　现在我们就来看看哈利·波特世代吧。

闪避期 8～11岁	**自主阅读** 长篇小说——20 000～30 000字 系列小说
远征期 10～12岁	**自主阅读** 低年段青少年小说——30 000～40 000字 系列小说

如上表所见，我把8～13岁分成了两个年龄组别。这一年龄段从长度与广度上跨过了童年，逐渐走向青春期，甚至——对某些人而言——是早期青年阶段。此时的他们，早已放下了儿童读物，不仅几乎一切都听过了，而且很可能一切都早目睹过了。

尽管如此，身为作家的你，仍然可以通过故事来协助他们探索你所呈现的世界。就写给这一年龄组别的小说而言，所有出版商追寻的目标都是一致的。不要那么多原创的主题——主题其实也难以翻出新意了，而是追求以原创性的写法与视角来成就有力的、原创的故事。

情节与语言的复杂性取决于年龄/阅历范围：不要写读者，或俯就读者，而是为他们而写。如果一本小说没有给予读者以尊重，那这本书其实就已经失败了。你也不该自作主张，自以为能摸准孩子们的喜好。屎尿屁笑话（比如说吧）并无性别色彩，但在涉及较为严肃的话题时，其局限性就会凸显出来，比如男孩与女孩、成长、虐待、霸凌、性、药物，以及摇滚、吸烟、疾病、种族、同性爱恋、得分、赛跑、游泳、舞蹈、环境保护、全球变暖、偷盗、器官移植、爱、失去、幽灵、食尸鬼与破坏规则等。

你还需要了解不同年龄读者在经验阅历、主体性、性别差异、种族与文化多样性等方面的需求。如果你觉得我有点过度拔高"按高度写作"这个问题，那不妨听听西莉亚·利斯（Celia Rees）的话：

在写作时,我不会特意设定理想读者。其中部分原因在于,我希望任一性别的读者都能在我的作品中获得相似的愉悦。但我会考虑读者的年龄问题,因为这将影响到我对语言、句子结构以及叙事复杂程度的选择。为 8～9 岁的孩子写作,却选择隐晦文风,这就完全没有意义,他们根本读不懂,或者压根儿不想读。在写六卷本新作"H. A. U. N. T. S."系列——为 8～12 岁儿童所写——时,我就自觉地尽量保持了简洁明晰的文风。(利斯,见卡特 1999:202)

这篇文章非常值得一读,因为西莉亚·利斯做到了大部分作家都做不到的事情:她详细阐释了自己的写作过程,而且极具启发意义。我建议你也抽空读读。

青少年小说

起飞期 12 岁以上	自主阅读 青少年小说——40 000 字左右

我把这一阶段称为"起飞期",因为在所有的年龄组别中,这一组读者最难应付。青少年究竟意味着什么? 年轻的大人,新晋的成人,还是年长的孩子? 青少年小说是最棘手的文学样式之一,但同时它也是广义儿童文学中最让人兴奋的体裁。其主要原因在于,这些孩子其实已经完全脱离了孩子气,一只脚开始迈入了成人世界。你可能会让 13 岁女孩去读乔安娜·哈里斯(Joanne Harris)的《浓情巧克力》(Chocolat),让 14 岁男孩去读欧文·威尔士(Irvine Welsh)的《猜火车》(Trainspotting),反之亦可;但与此同时,你的许多潜在读者也可能正在攻读莎士比亚的《麦克白》、奥斯丁的《傲慢与偏见》与麦尔维尔的《白鲸》,而非经院图书(Scholastic)出版

的最新惊悚小说,虽然后者也自有其魅力。我们需要仔细谈谈青少年小说写作,因为我上文关于儿童的论述并不完全适用于本年龄段的这些孩子。青少年时代混杂着矛盾、迷惘、好奇、有趣、压抑、迷人、悲伤、快乐以及花样百出的嬉笑怒骂,在主观与客观之间摇摆不定。

仅就英国而论,据说每年都有 13 万青少年或准青少年离家出走。这个数据相当惊人,个中原因从性滥用到精神冒险不一而足。18 岁以下人群是不具备某些权利的:他们没有投票权,没有议价权(劳动与性除外)。因此,当被推向极端绝境时,这些离家出走的青少年轻而易举地就成了被遗忘者。他们依靠乞讨、偷盗或卖淫谋生,而且其中许多人实实在在地遭受了街头性虐待。青少年小说题材非常广泛,虽然图绘并不一定要十分明确,但是故事一定要保持现实感,即使奇幻题材也不例外。他们必须要带着目的感去应对生活种种。虚无主义很可能与哥特摇滚或科特·柯本(Kurt Cobain)①的拥趸形影不离,但是青少年小说在这一主题上应如何把握处理尺度,这其实又与作者的责任感息息相关。

这些年轻人(现在大部分青少年差不多就是年轻的成人了,然而童年时代的界定,在法律意义上,其实并不比上个世纪年长多少)现在已然意识到并更加努力探寻着自我与他人的个性。正如尼古拉斯·塔克(1991:145 - 146)所说的:

> 不管多么复杂,为 11~14 岁年龄组别所写的故事,一般都会折射出读者日益高涨的自我身份认同需求。……读者当

---

① 科特·柯本(1967—1994),涅槃乐队(Nirvana)主唱,美国歌手,朋克文化代表人物,青少年偶像。1994 年于家中开枪自杀。——译者注

前的兴趣点主要集中在如何令自己看起来更像大人。

为了更像大人，他们开始以更加抽象的方式理解世界：隐喻和转喻、关联和明喻，在与现实成人世界的互动中产生了新的共鸣。

就本年龄组别而言，我们还需要谨慎应对的是永远滴答读秒的情感与心理定时炸弹。前青春期、青春期与后青春期的青少年们在充满摩擦的世界里摩肩接踵，小说只能苟延残喘。为他们写作是个巨大挑战。你准备好了吗？你应该胸有成竹啊，你可是过来人。没必要否认这一点，别像个青少年似的。

在青少年小说这一领域里，我读到过的最中肯建议来自阿黛尔·格拉斯（Adele Geras）发表在儿童书评杂志《收藏家双月刊》（*Books for Keeps*）上的文章。格拉斯（见保灵 1994：193 - 194）写道：

> 我有句话想讲给青少年小说作家：**警惕过分追逐热度与紧跟时尚**。没有什么能比过时的俚语显得更土气了。如果你一心只想蹭流行天团的热度，那最终很可能赔了夫人又折兵。踏踏实实写自己的。这可比披挂一身快时尚强多了，毕竟青少年一眼就能看穿伪装。

我们还可以再补充一点。你知道读者是谁吗？你了解青少年文化吗？上周我才跟研究生们聊过性手枪乐队①。结果他们问："你说谁？""算了，"我回答，感觉自己老了。我的意思是，你该尝试了解

---

① Sex Pistols，英国著名朋克乐队，1976 年发行第一张单曲，1978 年解散。虽然乐队历史只有两年，但在当时极为流行。——译者注

青少年文化,读读杂志,跟他们聊聊,但是千万不要模仿他们。你一定会失败的。不要紧跟转瞬即逝的热点与时尚。等你的书终于写完上架时,热度很可能早就过去了。

你最该记住的是,青少年读者已经是成熟的读者了,知道自己喜欢读什么以及喜欢谁。但你知道他们喜欢什么、喜欢谁吗?坦率地说,令你感到受冒犯(或恶心)的,对他们来说也一样。但是我们也能相互冒犯。年轻人是社会面貌的缩影:他们既可能满怀愤懑,也可能极度机敏聪慧,而这两种因素并不必然矛盾。他们会因性、药物与摇滚而声名狼藉,但同时他们也可能知识渊博,热爱阅读,精通电脑与互联网,关心世界大事、重要议题与思想立场。不要小瞧年轻人。

最近十几年间,青少年小说市场发生了巨大转变。这一体裁包罗万象,从经院图书的系列惊悚小说,到梅尔文·伯吉斯的《废物》这样难得的精心之作(这倒不是说系列小说就不好——只是说它们比较程式化而已,但我也不准备去挑剔了)。你应当明确青少年读者的阅读诉求,他们是为了消磨时间找乐子,是为了寻求挑战,是为了愉悦满足。换句话说,他们的阅读诉求与你并无不同。这些读者业已在学校里读过考试必读书目了,但是他们还需要其他读物。在本年龄组别的较低龄阶段,他们可能会阅读乔安娜·罗琳、杰基·威尔森(Jackie Wilson)、菲利普·普尔曼、宝拉·丹齐格(Paula Danziger)、朱迪·布鲁姆(Judy Blume)与安妮·费恩这些作家的作品。更加先锋的作家如罗伯特·科米尔(Robert Cormier)、艾登·钱伯斯(Aiden Chambers)、多迪·史密斯(Dodie Smith)、艾伦·加纳(Alan Garner)和梅尔文·伯吉斯,也会随读者年龄逐渐增长、阅读能力逐渐成熟而加入他们的书单。你所进入的这片文学领域正处在青少年/成人市场的艰难夹缝之中。如果你心里有个特别出色的故事要写,那么这里正当其所。假如没有,那请你三思而后行,毕竟这或许是最难把握的创作领域。

系列小说

维克多·沃森(Victor Watson)在其专著《阅读系列小说》(*Reading Series Fiction*)的引言中,曾引用过一名小学生所说的精彩俏皮话:"开读一本新小说,就好像进了一个挤满陌生人的房间;但是开读一本熟悉的系列小说新作,则好像进了一个全是好朋友的房间。"(沃森2000)的确,我相信大家在读完一本出色的小说时,都会有这样的感觉;我们希望能一直一直读下去。只要再次打开安妮·泰勒(Anne Tyler)或 J. M. 柯兹(J. M. Coetzee)的书,我就能没完没了地读个不停。

系列小说经历过辉煌与没落。我对许多系列小说作家作品都十分欣赏,比如托尼·布莱德曼的"迪利",亨弗瑞·卡本特(Humphrey Carpenter)的"马扎卡先生"(Mr. Majeika),吉尔·墨菲(Jill Murphy)的"魔法小女巫"(Worst Witch),朱迪·威特的"小马良医"(Horse Healer),等等。还有一些多人合著的系列小说也值得推荐:经院图书出版的系列惊悚小说,写得就很不错。当然,系列小说还有另外一面。这虽然只是我的个人看法,但是过度风格化、程式化以及神秘的露西·丹尼尔斯(Lucy Daniels)式的《动物方舟》(*Animal Ark*),以上种种都令我望而却步。

创作系列小说时,有几条非常重要的规则需要你认真对待。作为一名写过13本系列小说及其配套电视节目的资深作者,我希望如下建议能带给你一点启迪。

人物性格的连贯性极其重要。因此,你会发现创建一个系列小说"宝典"特别有用。在宝典中,你可以写下每个主要人物的名字(比方说,系列中反复出现的人物姓名——但偶尔出现的人物就不用写了)。在《恐龙迪利》里面,迪利、多拉、母亲和父亲的形象塑造,就是通过特定的人物特点、语言运用、视角等方式来完成的,而且这些特定元素贯穿在每个故事之中(看着简单做着难,我向你保证)。想象一下,假如哈米什·比格莫(Hamish Bigmore)性格大变,比如变得和蔼可亲了(情节需要除外),那马扎克先生系列会变成什么模样。对于规模较大的系列作品而言,这个宝典能帮助你界定人物,比如他们的年龄,家庭(或没有家庭),易辨特征如胆小、爱运动、时尚等等。在我自己所写的系列小说里,就有许多人物,从尼禄皇帝(Emperor Nero)和他的随从斯尼维鲁斯·格洛维鲁斯(Snivilus Grovelus),到面包师本(Ben the Baker)和虚构的孩子们。宝典在动画电影领域早已被广泛运用,我发觉它对我们塑造小说中儿童人物性格也极有助益。

写入宝典,并不意味着你的人物从此就必须一成不变了。他们可以且一定会变,但是你必须要注意,这种变化一定要谨慎细微。假如你的读者并没有一本不落地看书,那么这时较大的变化就会令读者感到困惑。比方说,第六本里突然多了个刚出生的弟弟,而第二本里压根就没提过他,这种突然变动就容易引发重重问题。维克多·沃森(2000:8)就曾说过这个问题:"安东尼娅·福瑞斯特(Antonia Forest)在其作品《恶性事件》(*The Thuggery Affair*)的一条作者手记中曾直言,她的人物在 17 年的创作时间跨度里,年纪只长了 18 个月——而这本书只是十卷本丛书中的第六本。"

在这一意义上,伊尼德·布莱顿在她的系列小说里始终保留同一批人物的做法就非常顺畅。而乔安娜·罗琳在写哈利·波特系列时或许会觉得这种做法有点行不通。我们指的不是当下正在创作中的作品,在这些作品里她带着逐渐长大的读者与角色共同向前;然而未来呢,比如 20 年以后,因为这个系列最终或许可以被视作年轻巫师(巫师主题,如果你非要问的话)的完整成长史。既然作者按年龄增长来编织故事,那么这个系列就一定需要按顺序阅读。

务必避免把系列小说写成肥皂剧。你会发现,动画电影、儿童电视节目与系列小说,尤其是针对低龄段的作品,它们并不要求受众一定知晓前作。每本书、每场演出,都要能独立存在。在 5～9 岁年龄组作品中,你要做到能够不需前情提要,随意拎出一集就能让人看懂。人物可以成长,但哈利·波特系列中成长的尺度,对于吉尔·墨菲的《魔法小女巫》或托尼·布莱德曼的《恐龙迪利》而言就完全不合适。你要知道,只有数量非常有限的读者/观众会坚持不懈地追书/剧,而你如果追求电视肥皂剧效应的话,那么很可能会给自己造成巨大的困扰。

这些都是常识。人物不应在各章间随意变换性别,各卷间也不行[除非情节本就如此安排——如第五卷《当贝蒂变成鲍勃》(*When Betty Became Bob*),这当然是允许的]。

系列小说既可自由创作,又有严格限制,而且不应被当作通俗文学而轻易忽视,归根结底,通俗文学也是一种文化建构。杰克·赛普斯将哈利·波特系列划归通俗作品,这样武断的误判正是一种意识形态争议。沃森(2000:3)提醒过我们:"阅读行为本身就意味着复杂的个人与意识形态压力。"系列小说与其他文学体裁一样充满挑战,目光敏锐的作家们对此心知肚明。批评家们[如查尔斯·萨兰德(Charles Sarland, 1996)]总是自命不凡,对惊悚系列小说嗤之以鼻。但是假如一个孩子不爱其他,只读系列小说,那是不是可以说,这孩子至少还是爱阅读的。作为一名 19 世纪小说课程的主讲教师,我其实也会读一些所谓的经典作品。之前说过我不喜欢托马斯·哈代吧?尽管我对系列小说常持保留意见,比如纳尼亚传奇,但这些意见是在与更好或更合适的作品相对比的基础上才成立的。读纳尼亚总比什么也不读强多了,后者就如同一片沙漠,所有的故事都被深埋在无边黄沙之下,只偶尔能向着不读书的读者遥遥发出一点难以企及的幻境微光。假如系列小说能把这幻境微光向读者稍稍拉近,那么创作者就理当对其认真对待。

同样的规则依然适用:请你尽力写得精彩。不要把它当作你酝酿惊天巨著途中可以随时踢开的摇钱树。我要重申引言中的论断:一切读者,包括儿童读者,都理应读到好书。我们有义务尽力而为。作家应当在了解儿童需求的基础上开展创作,而不应想当然地闭门造车。

正如伊塔洛·卡尔维诺(1986:88)曾经说的:"文学不是教化。文学应设想一个更有文化——比作家本人更有文化——的公共阅读群体。至于是否真的存在这样一个群体其实并不重要。"系列小说作家不应该将读者预设成对书籍毫无胃口的劣等动物。看一看成人畅销书单,便可知阅读选择主体性不一定与书籍质量正相关,我敢保证,大家都能发现里面其实也包含了许多不怎么样的作品,但是,你在开始写作时,请至少全力以赴追求最佳。

交　稿

在结束本章之前,我觉得还应该谈一谈交稿给出版商的问题。出版商不是什么外星生物,也不是大神、领袖、天使或乔装打扮的魔鬼。他们只是靠出版图书赚钱谋生的人而已。对他们来说,出版就是个工作罢了。虽然这份工作有时也挺令人快乐,但归根结底它还是一门生意,所有人都要不断寻找下一个优质产品。他们要靠业绩说话,而他们的业绩靠的是作家你。

交稿给出版商时,有一些礼仪需要遵守:礼貌地写封短信,简单介绍自己和作品;送出的稿子要干净整洁——臭烘烘的书谁也不乐意读(不懂这个道理的人数之众,会令你感到惊讶的:打开文件袋,拿出来的稿子上,有烟味儿、薯片味儿的,还有沾满果酱的,这里面或许藏着未来的国际畅销书吧。但是放过自己,也请送一本干净整洁的稿子给编辑吧)。

如果你写的是一本小说,那至少交稿时要让它看起来像一本小说。段落首行缩进,设定为双倍行距,使用方便阅读的字体——新罗马字体,12磅;这是理想的电脑文档排版格式。记住,出版商要读的手稿堪称海量,所以你最好不要为了省纸就拼命密排文字。还有,一定要单面打印;双面打印稿对任何读者来说都不够友好。扉页清晰明了,演示文档也尽量简洁。不要复印作品或校样,那不是你的工作。把你的杰作用小丝带扎起来,这看着是挺可爱,但其实毫无意义。

保持公事公办的态度。交稿时,你应当寄送一份详细完整的作品梗概,以及两三章样章(不一定非要连续几章,但最好包含首章)。但这一切都应在作品全部完稿之后才能提交。如果你愿意,也可以全文提交——或许你们有人这么做过,但是被退过稿的人会知道,自付交稿与退稿邮资有多么费钱。累积多了,真的所费不赀。唯有经验丰富的作家才能不用把全稿寄出就拿到出版委托。

如果出版商对你的作品表现出了兴趣,那你一定要迅速跟进,否则机会很可能转瞬即逝。如果你八成明年才能写完,那就没必要先寄个故事梗概出去。出版人们会向前看,会怀孕,会离职,会被各种事务分心。如果他们说喜欢你的作品,那你就要赶紧抓住机遇。相信我，你一拖延，青睐之光很快就会暗淡。不要纠缠编辑。时机总会到来。我认识一位出版人，他甚至掏钱给别的出版商，求他们接手一位长期缠着他的作者。

交完稿，你就可以着手下一个项目了。因为这本稿子可能要等待六个月才能得到回应（而且常常是不行或抱歉，你要做好思想准备，毕竟我们人人都会有此遭遇）。还要记住，如果你交稿给教育类出版机构，那么等待时间可能会更长。他们不只要考虑出版，而且要对作品适用性做实操检测。即使你已经历了写作、重写、修订与插图授权，整个项目也很有可能在最后一刻被叫停。

内容梗概没有你所恐惧的那样难写。把它想象成复活节彩蛋的包装纸。就算里面只是一颗平平无奇的老巧克力，你也要让它一眼看去就令人心动。不要把它写成故事总结；恰恰相反，你要把故事说得栩栩如生，天花乱坠，然后把它像风筝一样高高放飞，让所有人举目眺望，啧啧称奇。这种可望而不可即，就是能否令编辑们迫不及待、急于拜读的制胜一击。如果他们不感兴趣，那我只能说，责任在你，你做得显然还不够。在内容梗概阶段，你是唯一知道故事好坏与否的人——如果它足够好，那请你替它说服所有人！

我希望本章覆盖了你所应知的一切。最后，我要对充满潜力的小说家你说：祝好运，你需要好运，我们都一样；但请一定掌握好写作这门手艺。用心打磨故事。幸运只是成功等式中微不足道的一小部分。

第四章 其他类型写作

　　本章标题起初看上去还挺不错的。原来的计划是简论非虚构、诗歌、电影以及新媒体等创作形式。等到我真正着手研究时，才发现难度有多么大。诗歌、电影与新媒体写作，其体量都足以各成一本专书了。因此，在本章中，我仅做出导引性介绍，以帮助你知道如何起步，但这只是浮光掠影的一瞥而已，因为电影与新媒体发展极为迅猛，若能为它们写成专著，那简直足以改变当前整个出版行业了。如果坊间传言不虚，那么教育类出版或许即将面临戏剧性洗牌，互联网和电脑，将与视频交互技术、超清数据摄影镜头、动漫、动画、热点与链接一起，在行业巨变中发挥重要作用。但是这场革命还在襁褓之中，即使新技术来势汹汹，出版商仍需要才华横溢的作家。为儿童所写的诗歌同样需要严肃对待。下面就让我来谈谈这些远在我把控范围之外的问题吧。

非虚构

　　非虚构这个概念相当古怪，尤其是当我们细究其内涵的时候。就字面意思而言，它指的是书写并非虚构的内容。但是，如果我们深入思考，就会发现虚构与非虚构之间的界线其实非常模糊。正如玛格丽特·米克（1988:8）所指出的：

　　二者间最直观的区分仅在于标签:"虚构"与"非虚构"。一般认为,后者指的是那些再现"真实"世界,以令读者认识世界的作品。而前者则主要包括短篇小说与长篇小说,其阅读目标指向娱乐、休闲与自主学习。

既然如此,非虚构究竟是什么?它是历史、传记、诗歌、宗教、科学、体育、自然、地理、幽默、笑话、韵文乃至歌曲;它如同混杂一切的大袋子,甚至有办法一路通往虚构性创作。的确,我正在为你所写的这本非虚构作品,其中就包含着某种虚构(有人会说一切皆虚构——这当然是在讲笑话了,顺便说一句,笑话也是非虚构文体之一种)。或许这样说更加合理:非虚构重新创造了一个被人类好奇心所占据的世界。

　　一般而言,非虚构作品的写法与小说并不相同。你不能整天蹲在酒吧里,闭门密造神作,期待它问世之后一鸣惊人。你首先要找到一个委托商。我在写作本书之前,接触了劳特里奇出版社。我向他们提交了创意选题,然后经过编辑讨论及同行评估之后,他们正式委托我写作本书。而在此之前,我首先做的,是思考本书是否值得一写以及如何开头的问题。

　　需要自问的第一个问题很简单:有必要写一本叫作"为儿童写作"的书吗?答案就蕴藏在我的研究中。我开设了"为儿童写作"的课程,它也是当前全世界唯一一门儿童文学创意写作方向的硕士课程。我感到这门课程需要一本专业教材,但目前尚无相关出版物。这也意味着其他院校的同类课程也缺乏相关教材。基于此,我决定自己来写一本。当然了,市面上有不少关于"如何创作童书"的著作,但论述大抵比较基础浅显,而我想要的教材需要具备一定的深度;于是才有了你正在阅读的这本书。

　　提出选题其实非常简单。我用三四页纸的篇幅,勾勒出我想写的内容,给出大致章节目录,锁定目标读者与潜在市场。读完提案,劳特里奇出版社认为本书契合他们的出版需要,这样委托合同就差不多可以达成了。为儿童创作非虚构作品的流程,大抵也与此相同。

　　为何选择劳特里奇作为出版商,这或许是另一个问题。答案很简单:劳特里奇声名卓著,且有相关书目计划能支持此种作品出版。他们是久负盛名的大学/教育类出版社,本书放在他们的出版目录里也毫不违和。选择出版机构至关重要。最近我跟主祷文出版社(Paternoster Press)合作,出了一本非虚构类作品。但由于他们是主打宗教类图书的出版机构,所以本书对他们而言适配度不算太高。你需要对这类信息有所掌握。如果你有一个创意,你觉得谁会感兴趣?为什么?

　　在接触出版商之前,请你仔细自审创意。不要不经了解就自以为是地把你觉得孩子想要的内容塞给他们。这一点必须放在首位。

　　我们究竟希望从非虚构作品中得到什么?列举一大堆事实,或者整本书里都塞满非虚构素材,这对于普通读者来说,显然毫无意义;除非这些素材能够给读者提供更加辽阔的世界与经验图景。知道相对论,这并没什么用;除非你能把它准确应用到相应语境当中。我们的阅读技能与意义理解,会被从其他文本中获得的事实信息所强化,但是非虚构文本也仅仅是我们拓宽认知广度的一种补充而已。

　　我们还应该知道,许多非虚构作品是集体创作的结果,创作团队一般是由出版商所召集的。这样的作品,我还没看到过太出色的,尽管在新印刷工艺、电脑合成与扫描技术的帮助下,似乎也在逐渐向好。但问题在于,这些书太枯燥了:专论印度,但作者们从未踏足该地;本以为是由特殊文化背景下的儿童书写的作品,其口吻却仿佛是个受过大学教育的成年人(你肯定也见过这样的书)。部分原因在于,这些书看上去虽然还不错,行文却极其糟糕,而这显然是绝对不应该的。①

你会发现,任何你感兴趣的主题,其实早就被写过了。秘诀在于寻找新的角度、新的故事讲述方式,从全新的、令人兴奋的、引人入胜的方向进入故事。这时,你的小说写作技巧就大有用武之地了。

第二人称似乎是非虚构写作中最自然的视角了(参见第二章"视角"部分),但如果没有把握好 它也很容易显得干巴巴的。只要你读过洗衣机说明书,就一定能明白我的意思。不过,你可以通过调整信息呈现方式来改变德莱亚斯德斯特博士②的风格。以本书为例,我有时会使用第一人称叙事,来传达"我"想要对第二人称"你"说的话。如此,本书就不只是给出了一些指导意见,而是我在与你分享写作经验。这种写法允许我给出更多非正式的个人经验,同时又不至于因此而丧失权威性,效率极高。这并不是说你就可以随意对内容夸大其词(正如我现在一样——写作关于写作的书,本质即如此),但你可以用创作绘本的方式来进行思考。长话短说,把大故事讲小,或至少小一点,确保内容不会被修辞所淹没。

---

① 建议阅读罗伯特·胡尔(Robert Hull)关于非虚构的翔实论述。参见参考书目以及保灵集(1994:133 - 144)中所收论文。

② Dr. Dryasdust,语出瓦尔特·司各特《中洛辛郡的心脏》(*The Heart of Mid-Lothian*),意指老学究,与上文 dry as dust(干巴巴)对位,开了一个文字玩笑;且可以双关本段中洗衣机比喻,戏拟洗衣机品牌,取"干如灰尘博士"之意,强调烘干功能。——译者注

我最近看过的最佳非虚构作品之一，来自海伦·考彻（Helen Cowcher），她包办了全书的文字与插图。她以故事的形式精心勾连起了客观事实，品质优异如绝妙的绘本，我强烈建议你找来一读。但她并非特例。非虚构作品绝不是事实枯燥乏味的翻版。自从瓦尔特·司各特在《中洛辛郡的心脏》中以德莱亚斯德斯特博士戏指学院派历史学家以来，我们已经一路走得很远了。像泰瑞·德亚利（Terry Deary）与戴安娜·金普顿这样的作家，已经清晰地表明，非虚构也可以写得妙趣横生。在这个问题上，我得到的最佳建议来自一位非虚构图书组稿编辑。他告诉我，非虚构的问题在于，大部分作品都是"毫无激情的匿名式写作文本"[①]。然而其实大可不必如此。

玛格丽特·马莱特（Margaret Mallett 1992：50）说得很对："淫秽与不必要的血腥描写不该被提倡——我们要追求的是忠实再现主题的不同侧面。"泰瑞·德亚利的恐怖历史其实就写得有些过于血腥了。的确，这会紧紧抓住儿童读者的注意力。人人都喜欢看血腥暴力。完全恪守事实，且不以怪诞奇诡作为修饰，必然会导致平淡乏味，而这样的风格显然无法呈现生活的真相。在这个问题上，埃莉诺·冯·施维尼茨（Eleanor von Schweinitz，见保灵 1994：126）曾经说过，非虚构创作者可以在文本中呈现个人风格：

> 许多最生动的书写，出现在各种争议性主题作品中，出版商们希望锁定那些能够引发剧烈情感反应与观点分歧的题材。处理多面难题而非单一主题时，应当从各个角度进行冷

---

① 感谢沃克出版社的保罗·哈里森（Paul Harrison）慷慨地将智慧分享给我的学生们。

静思考,这显然难以令写作显得灵动活泼。尽职尽责地尽量平衡各方关系,这不易引发读者兴趣,更不用说激起思考了。

德亚利的做法是将生命力与兴奋感重新带入历史。他的快问快答、多样叙事、考考老师以及沉浸式体验设计,都令历史探寻变得兴味盎然。但你可不要以为他书中的历史描述不够严谨;恰恰相反,这些作品是货真价实的历史著作。

不要错误地以为非虚构只关乎事实,便忽略一个简单的道理:事实关乎人!

真实写作这个术语本身就充满矛盾。但是非虚构关乎我们每个人,关乎我们的行动方式、当下生活、历史、文化、未来想象、驾驶汽车、冷冻食物、烹饪······无穷无尽。我们生活在需要我们不断运转的世界之中,在这里,创造力必须要由实用感来加以平衡。在敲下这本书之前,我不得不学习了几种现实技巧,比如说如何使用电脑。在写作时,我把一大堆现实信息都塞进了书里,但是其中大部分最终都不会呈现在你面前。因此,想想究竟有多少信息真正值得传达给孩子们?你的写作项目配得上你所花费的精力吗?

我让学生们思考这一问题的方法之一,是要求他们以“伊索的兄弟”身份来思考写作。这种训练方法固然很简单,但是它往往会诱发出极其精彩的非虚构故事。他们要做的是编出一个真实故事,或其他类似伊索寓言的非虚构素材,历史事件(“我未见船只”)也可以。之后,以一种通常与现实经验观点无关的声音来讲述这个故事。例如,伊索的兄弟讲述故事的方式与伊索截然不同。特拉法尔加海战(Battle of Trafalgar)中的水手男孩,他的故事也一定与历史学家德莱亚斯德斯特博士大相径庭。想象一下,你是维多利亚时代伦敦街头的扫烟囱男孩[布雷克(Blake)的诗句“扫啊,扫啊"在你脑海中回荡）。你会撷取所有事实：怪诞的职业、灰尘、污垢、早逝、贫穷、不良卫生环境（你会猜到这可不是《魔法保姆》），然后将它们整合起来，讲出一个"真实生活"故事。任何有幸读过亚历山大·索尔仁尼琴（Alexander Solzhenitsyn）《伊凡·杰尼索维奇的一天》（*A Day in the Life of Ivan Denisovich*）的人，想必都会认为故事讲得非常棒。虚构的伊凡给我们讲述了苏联古拉格群岛的真实创伤。这样的作品令事实变得有了人情味儿。事实被置于上下文语境之中，有了感受与反应，而非光秃秃的、毫无实感的空洞文字。这可并不简单。正如海登·怀特（Hayden White 1978：50）论述的：

> 只有白璧无瑕的历史意识才能真正挑战每时每刻都在变化的世界，因为唯独历史才能够在事实与我们基于人性所揣测的事实之间充当中介。但历史能够令经验人性化，前提是它始终对更为普遍的思想与行动世界保持敏感——历史从这一世界而来，也终将向此而去。

非虚构写作的关键在于捋顺事实。如果事实已然经过充分考察，那么出色的叙事结构显然会为其增色。我在合作创写《讲故事的人》（*The Storykeepers*）时，要把圣经《新约》中的元素转化为动画电影，其中的神学与历史学信息要经过严格的学术审核。后来我创作改编自《旧约》的新系列时，也经历了相似的审核。我们在做最初的系列时，创造了一位生活在耶稣降生后第一个百年间的初代"讲故事的人"，由他来以当年的口述故事方式，重新讲述新约故事。时间设定在《福音书》尚未写成并编入《新约》的年代。这个系列之所以能成功，正是因为我们以高度适配的故事叙述技巧实现了事实、历史、地理与神学的巧妙融合。由于其儿童动画性质，《讲故事的人》相当先锋地尝试了一种全新的圣经故事传达概念，现在这种做法已经相当普遍了。虽然其中含有虚构元素，但是谁又能否认这个系列节目的非虚构性质呢？它的创作目的就是要告诉人们，新约/非虚构早在被书写成文之前，便已然是在讲述关于人的故事了；通过虚构的叙事方式，我们巧妙地揭示出了这一点。

我们还可以查阅国家教育规划，来了解学生们的学习需求。教育类出版商在搜求选题素材时，也同样会希望锁定特殊需求。最近我就看到过重写神话传说的选题，这一类写作也被纳入了非虚构范畴。我还看到过一些讲山地徒步的运动类作品，很不错，里面还有许多精美的插图。非虚构空间巨大。你的想象力有多大？如果你能想象出一套真正杰出的非虚构系列，那么一定会有读者期待着早日读到。

尤其是教育类图书出版，学校中的语文课（literacy hour，尤其是在英国）已将对非虚构作品的需求提升到了惊人的高度。现在非虚构已成为学校语文教育的主流文体了。需求一路高涨，但你一定要明白这种语文需求究竟意味着什么。作家戴安娜·金普顿，目前正在运营 www.wordpool.co.uk 网站（内容全部关于为儿童写作，我建议你定期阅读其最新推文及信息），她惠允我引用下列文字。这些信息提炼自为语文教师准备的教学指导。

首先，所有儿童，包括低幼阶段，都应被教导如何正确使用非虚构图书，因此，就算是最简单的图书也应包含目录与索引。页眉与次级页眉、插图说明都极为重要。词汇表用途极大，深受教师欢迎，但如果书中文字只有寥寥几行，则无添加必要。

其次,为语文课所写的非虚构作品可分为几种类型。假如你有意策划教育类图书,那么一定要牢记这些分类,因为教师们需要了解你的作品与哪种类型适配。出版商也需要掌握分类信息,他们在组稿时也会将图书类型写进内容简介之中。例如,他们会征询针对六岁儿童的非时序报告创意。

下面我们罗列了几种主要的非虚构类型,希望能帮助你理解这一问题。

讨论式文本

从两个以上角度对问题进行分析。这类文本讨论每一个角度的利与弊,盘点相关论据,之后再导出结论或让读者形成自己的观点。关于争议问题(如猎狐、动物实验等)的中立性作品,属于讨论式文本;但如果作品明显偏向于某一立场,则属于说服式文本。

解释式文本

从名字就可以知道,这类文本解释事情发生的方式与原因,或者对问题做出解答。一般会冠以这样的名字:《宇宙是如何起源的》《身体如何运转》《你吃下的食物去哪了》。

说明式文本

告诉读者如何做某件事情,常附有说明列表与图示。"如何"类指南书就是典型的说明式文本:烹饪类图书、艺术类图书以及教你如何踢好足球的图书。

说服式文本

本类作品目的在于说服读者赞同作者观点,或遵照某种特定行为规范,如不吸烟或在烈日下保护自己。尽管它们看起来好像只是备选意见,但其实在行文中并没有像讨论式文本一样恪守中立立场。

陈述式文本

按照时间顺序复现事件始末,但常会在正文前加上导引部分来交代情境。传记与自传都是陈述式。标题常如:《消防员的一日》《发现盘尼西林》《攀登珠穆朗玛峰》。

参考式文本

短篇文献合集,并会依照某种便于查找的方式进行编纂——按首字母排序是最常用的方式。百科全书、字典与鸟类大全,都属这一类。

报告式文本或非时序报告

本类作品关注特定主题,如猫、木偶或恐龙,写法上并不完全遵循时间顺序。它们常以总体介绍(什么是木偶?)开头,再分章节讨论该主题的不同侧面(木偶类型、著名木偶、木偶剧场等)。

如你所见,非虚构包罗万象。我们有必要重温本书的格言之一:研究!

研究,研究,再研究。这话永远说不够。你一定要做研究。我的博士论文,也是一篇非虚构作品,花了三年时间研究、撰写。本书也是在常年研究相关课题的基础上完成的。当然,我也知道有些想当作家的人,多年未曾踏入图书馆半步。怎会如此呢?这也只能请你去问他们了。

这里我们还要强调一点,除非你已经与教育类出版商就具体内容意向签订了合同,否则,弄清楚出版商需要什么样的作品,就是重中之重。联系他们,把作品推介给他们。市面上的各家出版商,对语文教育的侧重方面各不相同,虽然最近我发现他们对语文教育产生了某种逆反,在出版相关作品时开始有点剑走偏锋了。

不过,国家课程链接(national curriculum links)现在还是非常受欢迎。正如戴安娜·金普顿(2000)论述的:"最重要的就是编辑们所说的'哇哦'(WOW)元素。"能让孩子们"哇哦!"的非虚构作品,一定是本好作品。你也应在创作时认真思考这一点。尝试让素材闪闪发亮,带着激情去创作,避免温吞吞如白开水。身为学者,我这一辈子读过太多超级无聊的重大主题作品了。康德、黑格尔、弗洛伊德、达尔文、马克思、本雅明、福柯与德里达等作家,他们从未让我感到厌倦;但也有许多学术作品,包括最近为了撰写本书所做的研读,常让我哈欠连天(希望我这本书不会让你如此厌倦吧)。问题出在作家与作品,而非内容素材本身。你一定要把这一点牢记于心。本段中我提到的所有作家,都致力于阐释极度难解的观念与思想,但他们的作品仍然光华四溢。有话要讲还不够:你还要能把这些话写成具有可读性的文字;并且一定要写得精彩。你要写出读者愿意阅读的作品。读者绝不会被迫阅读,但也不应当被怂恿不去阅读。

传　记

齐格蒙特·弗洛伊德曾经写道:"写传记的人都必然陷入谎言、欺瞒、虚伪、奉承,甚至会掩盖自身理解力的匮乏,因为传记中没有真相。"[①]我正好刚读完一本自传(对我来说,这不算太寻常的事了),深感弗洛伊德说得很对。但话说回来,为儿童所写的传记是能够做到妙趣横生的。我最喜欢的童书之一是迈克尔·福曼

---

① 弗洛伊德1936年致信阿诺德·茨威格(Arnold Zweig),拒绝了茨威格为他作传的邀请。参见亚当·菲利普斯(Adam Philips),《承诺,承诺》(*Promise, Promise*),费伯出版社(Faber & Faber)出版,第72页。

(Michael Foreman)的《战争男孩》(*War Boy*)。它巧妙地融合了事实与故事(如我们上文所论)。但是这本书真正不同凡响之处,是它讲故事的方式。激情饱满,故事动人。要想做到这两点,你需要明确如何对内容进行取舍。你不会想知道我在撰写本章时都喝了哪几杯茶,也不需知道我写作时穿了什么样的衣服(吸烟夹克、阔领带、丝绸拖鞋)。大部分传记都充斥着错误的信息。片面真相等于巨大谎言,这当然是真理。正如阿尔伯特·爱因斯坦所说:"提到的未必样样有用,有用的也未必要样样都提。"关键在于,传记同时关乎传记作家与传记主题,主观色彩非常强烈。例如,我就深知自己对 C.S. 刘易斯的评价(参见上文)不会被收录到那些对他极为推崇的传记之中。但这正是传记作家的常态。客观与主观总是形影相伴。怎么可能不相伴呢?假如我要给某人写传记,且刚刚读完其自传,那我可能会写出一个迥然相异的故事——我们通过他人之眼看到了自己的故事!

　　为儿童所写的传记作品,其要义在于引人入胜。我们都听过这样的话:"我可以讲讲我的生平,一个非常精彩的故事。"说是这么说,但八成并没有什么精彩故事。概莫能外,这也正是上文弗洛伊德论述的精到之处。孩子们对人物故事感兴趣的原因很驳杂。大卫·贝克汉姆和耶稣这对伙伴看着可能有点怪[典出校园笑话:"耶稣救门(saves,拯救——译者注),贝克汉姆射门"],但是就在我写本书时,这二位皆有最新传记出版,且都在各自细分市场内大获成功。关键是谨慎选择写作主题。克里斯·保灵为儿童所写的关于罗尔德·达尔(Roald Dahl)的精彩著作,就是一个出色的范例:当你能把握住孩子们所提出的问题时,作品可以取得何等的成就。

　　你所写的传记对儿童读者们感兴趣的问题做出回答了吗?不

要被你自己对主题的兴趣品位牵着走,这可是会赶客的。创作传记时,你需要对作品主题有清晰把握。这固然显而易见,但请你努力深挖主题。主人公若是有趣搞笑,那就要确保抓住笑点;若是机智、勇敢或仅仅是声名显赫,那就努力在行文中尽情展现。你的书是读者了解传主的一扇窗。你能对别人(以及你自己)做的最坏事情,莫过于为其写一本枯燥晦涩的传记,成功地让所有人避之唯恐不及。想想如何才能把趣味变成乏味。很难想象吧,但你肯定读过这种无聊作品。

记住爱因斯坦的忠告吧,砍掉废话,让传记引人入胜。孩子们开始跳页,甚或更惨,把你的书丢开那一刻,你的传主就玩完了,孩子们也被你伤害了。

幽默故事

公园里,孩子们在玩许愿滑梯(wishing slide)。希安(Sian)从滑梯上滑下时,会高呼"金子",等滑到底,她的口袋里就会装满金子。下一个轮到比利。他滑下时喊的是"银子",于是他最后得到了一袋银子。比利的表哥忘了自己滑的是许愿滑梯了。他滑下时大喊"呜呜呜",结果被兜头泼了一盆冷水。

幽默故事是与孩子们手拉手的好拍档——孩子们喜欢哈哈大笑。我 7 岁的女儿给我讲了上面那个笑话。幽默故事书、笑话书和幽默历史故事,常常会被放入非虚构范畴,同时这也是一种非常主观的媒介。不要误以为孩子们只喜欢恶搞。比起滑稽闹剧,他们心中的可笑场面其实更加贴近现实生活。但是这并不是说孩子们就不喜欢滑稽闹剧——归根结底,搞笑与否是非常主观的判断。包括文字游戏在内的笑话对低龄幼儿很难产生效果,因为他们可能根本就不明白笑点究竟在哪里。我曾给迪士尼电影《侦探虎,私

耳朵》(*Detective Tiger，Private Ear*，见梅尔罗斯 2001)写过一篇
影评。这部电影真是连标题都有毛病。"私耳朵"戏仿"私家侦探"
(private eye，私眼睛)这样的文字游戏，对目标受众(4～7 岁儿童)
根本行不通，孩子们可能连"侦探"(detective)是干什么的都不明
白，更别提什么"私眼睛"了。还是那句话，做做研究，这个坎儿不
难过。我最近刚刚读过泰瑞·德亚利的《可怕的苏格兰》(*Bloody
Scotland*)，其中的幽默配上马丁·布朗(Martin Brown)的绝妙插
图，把我逗得捧腹连连。然而，我家的孩子们(每天都跟可怕的苏
格兰佬父亲生活在一起)却完全看不进去。当然，还没到时候。他
们还小，体会不到"但忧"①的可笑之处，而我简直要笑傻了(你一
定要读读，特别搞笑)。但"别但忧"，孩子们终将理解，到时候，那
一点点地方色彩或许会让他们乐不可支。至少我希望如此。

　　创写幽默故事可是门真本领。它重在节奏与时机的把握(我
前文或许提过这一点吧)。如果你有幽默细胞，且有写书计划，那
么可以先写个样章或勾勒出故事梗概，投给合适的出版商，他们可
是永远都在四处搜寻新创意。但你要保证它足够幽默。如果连你
的朋友们都不觉着好笑，那它一定就不好笑。而且，你的幽默故事
真能冲破朋友圈吗？这可不像看起来那么容易，女演员对主教说
(这个笑话对孩子们当然不会奏效了)。

　　这也不是说你的其他作品中就不可以出现幽默元素。开怀大
笑是世界上最好的解忧良药，如果你对愚蠢、荒诞、呆笨、快意、胡
闹等行为有着出众的敏感，那不妨将它润色打磨，书写成章。

---

　　① 　Wirry，即 worry，模仿苏格兰口音的拼写形式。——译者注

诗歌（导论）

我之所以打算仅简单谈谈诗歌，是有充足理由的。我相信诗歌值得专书探讨，但这本书不应由我来写——有许多比我更合适的作者可供选择。就儿童文学领域而言，诗歌或许是被滥用得最为严重的艺术形式了。不相信的话，我建议你读读《收藏家双月刊》2001 年 1 月号载罗伯特·胡尔的论文《儿童诗还有希望吗？》（"What hope for children's poetry?"）。该文评论了 1999 年至 2000 年出版的近 100 本诗集，里面讲的内容远远多于本段开头这寥寥几句批评。

讲完传记，我们再谈诗歌问题就比较得心应手了。纵观诗歌史，孕育出荷马等诗人的古老希腊文明，告诉我们诗歌源自缪斯的歌唱。诗人只是女神们的传声筒或速记员。到 18 世纪末，这种观念迎来了根本转折，威廉·华兹华斯大声疾呼，诗歌是诗人个体的情感表达，具有强烈的传记色彩。正如亚当·菲利普斯（2000：323）所言："当美国诗人约翰·阿什贝利（John Ashbery）被人质疑为何其诗作如此晦涩难懂时，他回答，假如你对着听众说话，他们很快就会意兴阑珊，但假如你对着自己说话，他们反而会凝神细听。"我深表赞同。凝神细听诗人内心深处的所思、所想、所感，对我来说，是理解诗人创造力的最佳路径。但诗艺当然也需要学习，叶芝（Yeats）会告诉你：

爱尔兰诗人学好你们的手艺，
吟唱那精心写成的诗歌。

但是在谐音逗趣与异想天开的儿童诗里,哪里能找到传记或其他什么深刻主题呢?罗伯特·胡尔在其儿童诗研究中曾经质疑,为儿童所写的诗歌是不是正在变成为儿童所写的疯癫韵文?这个问题值得思考,并且还应更进一步,想想世界对异想天开式作品的接受程度。写下诗句时,你确定这些文字真能称得上诗吗?诚然,儿童一般都比较喜欢谐音逗趣与异想天开,但即使如此,我们就应当把所有儿童诗都写成这样吗?

我最近听过这样一首诗:

> 蛇蛇马拉基
> 高跃拔地起,
> 荡上门把手
> 把门打开哩。

韵脚和谐,律动完美,选词讲究。比如说,蛇蛇马拉基"高(high)跃拔地起",而不是"上(up)跃拔地起"。这首诗节奏抓得不错(蛇蛇本来正在做别的事情),词句也朗朗上口。这是必须的啊,因为它是我家 5 岁(现在已经 6 岁了)儿子写的。[①] 值得注意的是:我们为什么要像儿童一样写诗?既然儿童自己就可以写这样的作品。我们写作是为儿童,而非写儿童。一首好诗,也跟优秀绘本一样,需要把大故事讲得不一样。它不仅仅是随便写几首老掉牙的押韵文字。诗歌要有内容——内容深入,写法浅出。能以短小诗句折

---

① "蛇蛇马拉基",丹尼尔·梅尔罗斯(Daniel Melrose),2001。虽然这与本书主题关系不大,但我还是想给你讲讲下面这个故事。我儿子见到诗人罗伯特·胡尔时,二人之间发生了如下对话:"丹尼尔,听说你 5 岁了?你什么时候满5 岁的?""当然是过生日的时候了!"丹尼尔答道。

射广大世界者,方为诗人。诗要言说生命中的节奏与韵律,即使不押韵(不和谐)也无妨。

在罗伯特·胡尔看来,语文课堂所导致的种种限制给诗歌造成了许多麻烦。在对这一问题提出了有待商榷的质疑之外,胡尔也为诗歌做出了精彩有力的辩护。所有心怀抱负的诗人都应一读。或许这才是真正的困境:我们已然不再像从前那样热爱读诗了,因此,孩子们接触诗歌的机会也早已远逊于小说。

然而,还有千千万万首诗歌可供阅读、正在书写,且仍待我们好好研究。在此,我想将胡尔所列出的一些阅读书目再次推荐给大家,并且另外补充几条。这并不是所谓的儿童诗经典目录,而只是希望为摸索儿童喜欢什么样的作品提供一种方向性导引。关于经典问题,就在我写作本部分时,《卫报》(*Guardian*)上刚好发表了一篇对诺贝尔文学奖得主谢默斯·希尼最新诗集《电灯光》(*Electric Light*,2001)的书评。[①] 该文作者认为,这本诗集"充满乡愁地回溯着浪漫主义:自然、上帝,还有无与伦比的崇高感。不负众望,令人安心:是的,是的。然而,我们所需要的显然不止于此"。书评人对希尼诗集的质疑,应当放在关于诗歌、后现代的争论语境下进行理解。而且毫无疑问,作品中令这位书评人感到失望的特质,在另一群读者那里,或许会获得由衷欣赏。但有争议其实是健康的。创作会被辩论所激发。结局——不管出自何种理由,不管是好是坏——总会因专断独行而戛然停止。带着争论与诗,想想你手头正在写的文字。

我一直笃信,若想写出好诗,你一定要知道好诗读起来究竟是

---

① 罗伯特·波茨(Robert Potts),《奥林匹亚风景》(*The View from Olympia*),《卫报》,2001 年 4 月 7 日。

什么样子的。别无他法,只能阅读、阅读、再阅读。我几乎每天都要读诗。下面书单上的作品我全都读完了。这也是我能让你了解儿童诗风貌的唯一途径,也或许这就是唯一的路径吧(当然,我绝不会强迫你认同我的观点)。在你开始书写下一首诗之前,先读读作品。就算当成做研究也行,它绝不会白白浪费时间的。

推荐书目

诗歌作品

- 《万物》(*All Sorts*),克里斯托弗·里德(Christopher Reid)
- 《如何逃避当众亲吻爸妈》(*How to Avoid Kissing Your Parents in Public*),林赛·麦克雷(Lindsay MacCrae)
- 《出入阴影》(*In and out of the Shadows*),桑迪·布朗约翰(Sandy Brownjohn)
- 《邂逅午夜》(*Meeting Midnight*),卡罗尔·安·达菲(Carol Ann Duffy)
- 《永远不要盯着灰熊》(*Never Stare at a Grizzly Bear*),尼克·托克扎克(Nick Toczec)
- 《关于爱的诗》(*Poems about Love*),罗杰·迈克高(Roger McGough)编
- 《绿之荫》(*Shades of Green*),安妮·哈维(Anne Harvey)编
- 《看星星的人》(*Stargazer*),罗伯特·胡尔
- 《会说话的鼓》(*Talking Drums*),维罗妮克·塔乔(Veronique Tadjo)
- 《小鸟之歌》(*The Songs of Birds*),休·鲁普顿(Hugh Lupton)编

- 《世界是甜的》(*The World is Sweet*)，瓦莱丽·布鲁姆 (Valerie Bloom)
- 《狼人奶奶》(*Werewolf Granny*)，托尼·布莱德曼(Tony Bradman)编

诗歌论著

- 《诗之背后》(*Behind the Poem*)，罗伯特·胡尔
- 《诗歌的校正》(*The Redress of Poetry*)，谢默斯·希尼
- 《制造诗歌》(*Poetry in the Making*)，泰德·休斯(Ted Hughes)

如上可见,既有选集,也有全集;有些风趣幽默,有些则不然;此外还有几本诗人所撰写的诗学论著。阅读愉快!

电影与新媒体(导论)

这些日子,越是思考电影与新媒体问题,我就越忐忑不安。一如我在他处所写:

> 在这个网络通信技术发达、"透支体验"的时代,我们面对的是全球化电子社交,互联网叙事,全覆盖的地面、卫星及网络电视,视频影像,CD-ROM,DVD,电子游戏,全息体验,计算机生成模拟以及一切逡巡在技术街角的新事物。这揭示出一种真相……视觉媒介已然全面取代了其他故事叙述形式。不信你可以去问问任何一个书店老板。(梅尔罗斯 2000:6)

这其中的势利成见真是太多了。正如丽莎·桑斯伯里(Lisa

Sainsbery)所言:"各级官方忽略了多样化的媒介形式,他们仍倾向于将图书出版物置于所有其他叙事方式之上。"[桑斯伯里,见比恩与沃森(Bearne and Watson) 2000:82]我同意,而且我也不认为新媒体就必然会对阅读与写作造成伤害。此前我也曾提到,新媒体未来将在教育出版领域获得极为长足的发展。事实上,大量阅读对于新媒体运营来说,也是必不可少的。桑斯伯里继续论道:"在对传统故事模式进行更新的同时,电脑游戏越来越依赖于循序渐进的叙述结构,将儿童视作故事读者兼游戏玩家。"(同上)

在本书当中,我还无法把控新媒体写作,或者说还没能对这些媒介形式进行深入研究。这个论题领域太宽广,发展太迅猛了,目前还很难对其做出公允的描述。未来我或许会就电影与新媒体创作一本新书。

本书到此为止。在讨论为儿童写作这门手艺时,我已尽力保持了创造性与批判性敏感。希望没有令你失望。

参考书目

为方便查阅,书目清单分为三个部分

儿童文学及叙事类批评书目

Appleyard, J. A. (1991) *Becoming a Reader: The Experience of Fiction from Childhood to Adulthood*, Cambridge University Press

Bearne, Eve and Watson, Victor (eds) (2000) *Where Texts and Children Meet*, Routledge

Bettelheim, Bruno (1976) *The Uses of Enchantment: The Meaning and Importance of Fairy Tales*, Knopf

Blake, Andrew (2000) 'Of More than Academic Interest: C. S. Lewis and the Golden Age', in M. Carretero-Gonzalez and E. Hidalgo Tenorio (eds), *Behind the Veil of Familiarity: C. S. Lewis (1898 – 1998)*, Peter Lang

Carpenter, Humphrey (1985) *Secret Gardens: The Golden Age of Children's Literature*, Allen & Unwin

Carpenter, Humphrey and Prichard, Mari (1984) *The Oxford Companion to Children's Literature*, Oxford University Press

Chambers, Aiden (1982) *Plays for Young People to Read and*

Perform，Thimble Press

—— (1993) *Tell Me*：*Children*，*Reading and Talk*，Thimble
Press

Chambers，Nancy (ed.) (1980) *The Signal Approach to Children's
Books*，Kestral/Penguin Books

De Bono，Edward (1972) *Children Solve Problems*，Allen Lane

Goldthwaite，John (1996) *The Natural History of Make-
Believe*，Oxford University Press

Hollindale，Peter (1988) *Ideology and the Children's Book*，
Thimble Press

—— (1997) *Signs of Childness in Children's Books*，Thimble
Press

Hourihan，Marjorie (1997) *Deconstructing the Hero*，Routledge

Hunt，Peter (ed.) (1990) *Children's Literature*：*The Development
of Criticism*，Routledge

—— (1999) *Understanding Children's Literature*，Routledge

—— (2001) *Children's Literature*，Blackwell

Inglis，Fred (1981) *The Promise of Happiness*，*Value and
Meaning in Children's Fiction*，Cambridge University Press

Mallet，Margaret (1992) *Making Facts Matter*，Paul Chapman

Meek，M. (1988) *How Texts Teach What Readers Learn*，
Thimble Press

Melrose，Andrew (2000) 'Story in the Age of Electronic
Reproduction'，*Journal of NAWE*，2 (http：//www. nawe.
co. uk)

—— (2001) *Storykeeping*：*the Story*，*the Child and the Word*，

Paternoster

Melrose, A. and Brown, B. (1996) *The Storykeepers Video Series*, Paternoster

—— (1998a) *Victory*, Cassell

Nodelman, Perry (1988) *Words about Pictures*, University of Georgia Press

Powling, Chris (ed.) (1994) *The Best of* Books for Keeps, Bodley Head

Rose, Jacqueline (1994, revised edn) *The Case of Peter Pan or the Impossibility of Children's Fiction*, Macmillan

Rosen, Michael (1997) 'A Materialist and Intertextual Examination of the Process of Writing a Work of Children's Literature', Ph. D. thesis, University of North London

Sarland, Charles (1996) 'Revenge of the Teenage Horrors', in Morag Styles, Eve Byrne and Victor Watson (eds), *Voices Off Contexts and Readers*, Cassell

Tucker, Nicholas (1991 [1981]) *The Child and the Book*, Cambridge University Press

Watson, Victor (2000) *Reading Series Fiction*, Routledge

Whitehead, Winifred (1988) *Different Faces: Growing up with Books in a Multicultural Society*, Pluto Press

Zipes, Jack (1993) *The Trials and Tribulations of Little Red Riding Hood*, Routledge

—— (1995) *Creative Storytelling – Building Community, Changing Lives*, Routledge

—— (1997) *Happily Ever After – Fairy Tales, Children and*

the Culture Industry，Routledge

批判性创意写作类书目

Abbs，Peter (1996) *The Polemics of Imagination*，Skoob Books

Auden，W. H. （1963）*The Dyer's Hand*，*and Other Essays*，Faber & Faber

Bakhtin，M. M. （1986）*Speech Genres and Other Late Essays*，University of Texas Press

Benjamin，W. （1992）*Illuminations*，ed. H. Arendt，Fontana

Booth，W. （1983）*The Rhetoric of Fiction*，University of Chicago Press (Penguin reprint，1991)

Boud，D. (1995) *Enhancing Learning through Self-assessment*，Kogan Page

Bradbury，M. （ed.）（1990）*The Novel Today*：*Contemporary Writers on Modern Fiction*，Fontana

Carter，James （ed.）（1999）*Talking Books*，Routledge

Carter，R. A. （1997）*Investigating English Discourse*：*Language*，*Literacy and Literature*，Routledge

Cohan，S. and Shires，L. M. （1988）*Telling Stories*：*A Theoretical Analysis of Narrative Fiction*，Routledge

Fiske，John （1989）*Understanding Popular Culture*，Unwin Hyman

Freud，Sigmund (1990) *Art and Literature*，Penguin

Friel，J. （2000）'Reading as a Writer'，in J. Newman *et al.* （eds），*The Writer's Workbook*，Arnold

Gilligan，Carol (1982) *In a Different Voice*，Harvard University

Press

Goldberg, N. (1991) *Wild Mind*, Bantam

Harper, G. (1997) 'Introducing Gramography', *Writing in Education*, 12

Heaney, S. (1979) *Preoccupations: Selected Prose 1968 – 78*, Faber & Faber

—— (1995) *The Redress of Poetry*, Faber & Faber

Hughes, T. (1968) *Poetry in the Making*, Faber & Faber

Hull, R. (2001) 'What Hope for Children's Poetry?', *Books for Keeps*, January

Hunt, Peter (1991) *Criticism, Theory, and Children's Literature*, Basil Blackwell

—— (1992) *Literature for Children, Contemporary Criticism*, Routledge

Isaacson, P. (1988) *Round Buildings, Square Buildings and Buildings that Wiggle Like a Fish*, McCrae

Johnson, Pamela (2000) 'Reading to Write: Exploring Narrative Strategies in Contemporary Short Fiction', critical study, MA in Writing, University of Glamorgan

Leeson, R. (1985) *Reading and Righting*, Collins

Lewis, C. S. (1996) *Of Other Worlds: Essays and Short Stories*, Bles

Lodge, D. (1984) *The Language of Fiction*, Routledge & Kegan Paul

—— (1990) *The Art of Fiction*, Penguin

Lubbock, P. (1926) *The Craft of Fiction*, Jonathan Cape

McKee, R. (1999) *Story*, Methuen

Middlehurst, Rob (2001) 'New Tissues of Past Citations', *Writing in Education*, 22

Mitchell, W. (ed.) (1981) *On Narrative*, University of Chicago Press

Onega, S. and Landa, J. A. G. (eds) (1996) *Narratology*, Longman Critical Readers

Peach, L. and Burton, A. (1995) *English as a Creative Art: Literary Concepts Linked to Creative Writing*, David Fulton

Pope, Rob (1995) *Textual Interventions: Critical and Creative Strategies for Literary Studies*, Routledge

Richardson, L. (1991) *Writing Strategies: Reaching Diverse Audiences*, Sage

Rosen, H. (1985) *Stories and Meanings*, Thimble Press

Saboda, C. (2000) 'White Roses at Willow Lake', MA in Writing for Children dissertation, King Alfred's, Winchester.

Sharples, Mike (1999) *How We Write*, Routledge

Sheppard, Robert (1999) 'The Poetics of Writing: The Writing of Poetics', in *Creative Writing Conference 1999*, *Proceedings*, Sheffield Hallam University (http://www. nawe. co. uk)

Todorov, T. (1990) *Genre in Discourse*, Cambridge University Press

Waugh, P. (1984) *Metafiction: The Theory and Practice of Self-conscious Fiction*, Methuen

Yeats, W. B. (1967) *Collected Poetry*, Macmillan

批评总论类书目

Adorno，Theodor（1991）*The Culture Industry*，Routledge

Auerbach，Erich（1998）*Mimesis：The Representation of Reality in Western Literature*，trans. Willard Trask，Harvard University Press

Bakhtin，Mikhail（1984）*Rabelais and his World*，Indiana University Press

Barthes，Roland（1975）*The Pleasure of the Text*，trans. Richard Miller，Hill and Wang

—— （1989）*Mythologies*，Paladin

Baudrillard，Jean（1985）'The Ecstasy of Communication'，in *Postmodern Culture*，ed. Hal Foster，Pluto Press

Benjamin，Walter（1973）*Illuminations*，trans. Harry Zohn，ed. with an introduction by Hannah Arendt，Fontana

Calvino，Italo（1986）*The Uses of Literature*，trans. Patrich Creagh，Harvest/HJB

—— （1996）*Six Memos for the Next Millennium*，Vintage

de Man，Paul（1986）*The Resistance to Theory*，Manchester University Press

Derrida，Jacques（1978）*Writing and Difference*，trans. Alan Bass，Routledge

Hall，Stuart（ed.）（1980）*Culture，Media，Language*，Hutchinson

Hardy，Thomas（1983）*Tess of the D'Urbervilles*，Penguin

Kimpton，Diana（2000）http://www. Wordpool. co. uk

Kundera，Milan（1988）*The Art of the Novel*，trans. Linda

Asher, Faber & Faber.

Lacan, Jacques (1988) 'The Insistence of the Letter in the Unconscious', in David Lodge (ed.), *Modern Criticism and Theory*, Longman

Melrose, Andrew (2001)The Mouse Stone, Ginn

Melrose, Andrew and Brown, Brian (1998b) *Ready Aim Fire*, Cassell

Phillips, Adam (1995) *Terrors and Experts*, Faber & Faber

—— (2000) *Promises Promises*, Faber & Faber

Propp, Vladimir (1968) *Morphology of the Folktale*, ed. Louis Wagner and Alan Dundes, University of Texas Press

Ricour, Paul (1965) *History and Truth*, trans. Chas A. Kelbley, Northwestern University Press

Rorty, Richard (1989) *Contingency, Irony and Solidarity*, Cambridge University Press

Stevenson, R. L. (1987) *Treasure Island*, Puffin

Warner, Marina (1994) *From the Beast to the Blonde: On Fairytales and Their Tellers*, Chatto & Windus

White, Hayden (1978) *Tropics of Discourse*, Johns Hopkins University Press

—— (1987) *The Content of the Form*, Johns Hopkins University Press

译后记

三年前,我开设了一门创意写作小班工坊课程,主题是儿童文学写作,目标读者设定为 3~9 岁儿童,即出版市场所细分的低幼(3~6 岁)及儿童(6~9 岁)组别。开设这门课程的原因之一,是基于近年来对童书出版与创写的观察。从整个出版市场来看,童书占比额度连年攀升,即使在疫情最严重的 2020 年,竟然还能逆势实现利润增长。而在 2021 年"双减"政策落实之后,幼儿园及低年级小学生空出了大量课余时间,如何填补孩子们的空白时段,与动画、短视频及游戏竞争内容空间,就成了摆在儿童文学写作者与出版者面前的重大课题。然而,面对市场与社会双重效益的巨大需要,我们的儿童文学创写人才培养与供应显然并未跟上。活跃在儿童文学领域的,仍是老牌作家居多;而绘本、玩趣书等低幼童书,则要么是动漫 IP 改编,要么是国外引进版统治江湖。童书创写人才培养是燃眉之急,也是长远之计。然而,当我们决定开设课程之后,却遍求不到合适的教材。正如本书作者梅尔罗斯教授所说:"我感到这门课程需要有一本专业教材,但目前尚无相关出版物。这也意味着其他院校的同类课程也缺乏相关教材。基于此,我决定自己来写一本。当然了,市面上有关于'如何创作童书'的相关作品,但论述大抵比较基础浅显,而我想要的教材需要具备一定的深度。"

找到这本《为儿童写作》,我感到很幸运。首先,梅尔罗斯教授本人身兼儿童文学作家与创意写作研究学者双重身份,论起儿童文学写作来,既有具体而微的创作经验分享,又有高屋建瓴的学术理论深度,极有启发意义。其次,本书有总论性的创作技术辅导,如极其实用的"金字塔情节结构"训练模式;又有详尽且系统的"分层写作""分层阅读"概念阐释,并按照年龄群组分别讲解各种文体的特质与功能。对于新手作者而言,这本书就是你的避坑宝典。最后,也是最重要的,本书作者始终对孩子们抱有真诚而浓烈的爱与信任。我很喜欢梅尔罗斯教授提出的这个概念:按高度写作。身为成年人,我们习惯了居高临下地教育、指摘甚至控制孩子。然而当你蹲下来,从孩子的高度看世界时,你会理解:为什么孩子讨厌排队,为什么孩子总要伸手摸一把泥巴,为什么孩子会喜欢被抱抱举高高……当我们真正从孩子的高度去为他们写作时,作品才会有实感、有温度、有趣味,让孩子们发自内心地爱上阅读,而非被迫完成任务。在我们这个充斥着短视频的时代,六七岁的孩子也满口嚷嚷着"奥利给""芭比 Q",未来的写作者们,你们肩上的压力与责任都是沉甸甸的。

感谢丛书主编、广外中文学院陈彦辉院长,慨允本书纳入译丛。感谢于屏方、吴俊峰两位副院长,帮助我克服了本书出版过程中的种种曲折艰难。

感谢南京大学出版社施敏主任,有你掌舵,倍感踏实,想念我们曾经并肩奋斗的日子。感谢版权编辑徐楠老师,让我重新体验了专业与高效率。感谢本书责编李静宜,感谢小李老师的认真负责。

感谢亲爱的张淞纶博士,感谢包容我的坏脾气。从南京到广州,从荷塘月色到未来森林,风风雨雨一路走来,感谢有你坚定而温暖的陪伴。

感谢即将三年级的小学生敏衡。还记得吗？你最喜欢的玩趣书《小老鼠无字书》，最喜欢的绘本《颜色的秘密》，最喜欢的动画片《小猪佩奇》和最讨厌的英文版 *Peppa Pig*，还有现在爱不释手的《福尔摩斯探案集》。从 3 个月到 8 岁，儿童文学的每个体裁，都印刻着你的可爱痕迹。我们一起读完了《哈利·波特》系列和所有衍生作品，那些亲密依偎的傍晚是最快乐的亲子时光。梅尔罗斯教授说得对："终我们一生，或许都再难经历比这更美好的时刻。"感谢你带着我们从你的高度，一天天，一年年，重新审视这个爸爸妈妈自以为熟悉的世界。

卢文婷

2022 年 8 月 25 日于广州